Für Bärbi

Claude Wehrli ist ehemaliger Lehrer und Unternehmer, Eisenplastiker, Schauspieler, Gestalter und Schreiberling, Phantast, voller Ideen und Kreativität, Hobbyschreiner für Familie und Freunde. Liebt Citroen 2CV und DS, liebt gar nicht Angeber, Vortäuscher und Pseudoschönlinge.

Cover und Gestaltung: Annie Wehrli
Lektorat: Barbara Wehrli, Ins und Peter Fäh, Rüti

Claude Wehrli

Chefkommissar Fournier

Sechs spannende Fälle

FSC
www.fsc.org
MIX
Papier aus verantwortungsvollen Quellen
Paper from responsible sources
FSC® C105338

Herstellung und Verlag: BoD – Books on Demand,
Norderstedt
ISBN: 9783758323942

Erster Teil – Die Leiche

Am Sonntag, den 29. Januar 2023 gingen bei der Police nationale mehrere Anrufe aus dem Gebiet Muette-Süd in der Nähe von Paris ein, auf der Seine schwimme eine nackte Frauenleiche. Sofort wurde Grossalarm ausgelöst, zwei Dutzend Flics in mehreren Einsatzwagen sowie ein Suchhelikopter mit Wärmebildkamera wurden losgeschickt.

Chefkommissar Gustav Fournier war wie immer am Sonntag und altershalber dienstfreiem Tag auf seinem Sofa gerade eingenickt, als sein Diensthandy Alarm verkündete. «Merde alors» brüllte er beinahe mit dem ersten Läuten. Fournier war so etwas wie ein typischer Choleriker und vor lauter unnützer Schreibarbeit in den letzten Dienstjahren ziemlich schwergewichtig geworden. Aber seine Aufklärungsquote war einmalig in Frankreich. Was ihn nicht etwa freute, im Gegenteil, das bedeutete zusätzliche Arbeit, was er generell hasste. Nach nochmaligem «Merde alors» flätzte er sich aus seiner Kamelhaardecke vom Sofa raus, die Türe zuknallend, gleichzeitig mit dem Handy am Ohr, fluchend in seinen Dienstwagen. Er brüllte den wachhabenden Offizier an, was ihm eigentlich einfalle und was er mit dieser verdammten Leiche zu tun habe.

Der Dienstwagen des Hauptkommissars ist bis heute legendär: Ein 20 Jahre alter Döschwo. Klar, unter uns gesagt, heimlich von den Polizeiwerkstätten in Paris ein bisschen umgebaut: Ein Motor, anstelle der originalen 602 cm^3, einer eines Citroen GS mit 1200 cm^3, diversen polizeispezifischen und geheimen Umbauten. Aber sichtbar mit einem Dachträger für das Blaulicht. Logo, das originale Stoffdach ist ja nicht wirklich magnetisch. Das Auto, als Jux zum 40-jährigen Dienstjubiläum von Fournier von den Kollegen geschenkt. Fournier hängt daran, weil sich der Wagen in der Praxis bewährt hatte: schmal, um über Bürgersteige und durch Vorgärten, treppauf und treppab Abkürzungen zu nehmen. Fournier kennt Paris wie seine Jackentasche und öfters war er dadurch bedeutend schneller als die schnellen aber langweiligen deutschen Produkte. Wie oft hat Fournier zugeschaut, wie sich diese Luxusschlitten überschlagen hatten. Das konnte mit seinem Dienstwagen, auch mit den verrücktesten Manövern nicht passieren. Einmal ist er sogar die Rolltreppe im Gare de Lyon mit Blaulicht und Sirene hinuntergerumpelt um auf dem Bahngeleise einen Täter zu verfolgen.

Und schliesslich ist der Döschwo ein nationales Kulturgut, unkaputtbar und dank der Einfachheit im Gegensatz zu den deutschen sauteuren Luxusschlitten beinahe ewig haltbar.

Item, nun, zwar immer noch schlechter Laune, das Funkgerät hatte er entgegen aller Vorschriften ausgeschaltet und dafür den unter dem Beifahrersitz versteckt eingebauten CD-Player eingeschaltet, eine unvermeidbare Gauloises bleu angesteckt. Der CD-Player spielte seine Lieblings-CD: Der Zarewitsch von Franz Lehar. Fournier drückte die Zigarette aus und begann mitzusingen. Wobei das Wort «singen» nicht ganz korrekt war, bei dem rasant gestiegenen Körpervolumen und den zwei Paketen Gauloises pro Tag hatte sich logischerweise seine Stimmlage eher in Richtung brummeln und quitschen verschoben. Seine Frau Emilie hat ihm schon oft gesagt, er brauche nicht mitzusingen, die könnten das nämlich sehr gut allein und zudem quitsche er und seine Tonlage sei falsch. Fournier widersprach beleidigt. Vor allem der Teil «Hast du dort oben vergessen auf mich? Es sehnt mein Herz auch nach Liebe sich. Du hast im Himmel viel Engel bei dir! Schick doch einen davon auch zu mir» tönte hinter dem Steuer des Dienstwagens fürchterlich, schon eher wie eine Drohung. Aber es half: Fournier beruhigte sich von Minute zu Minute. Seine Laune und unterdessen auch der Himmel klarten nach tagelangem Regen auf. Aber leider nicht sehr lange, weil sein reservierter Parkplatz war besetzt, was in ihn sofort wieder in Rage brachte. Leider war an diesem Tag auch noch der Lift in den ersten Stock in sein Büro, infolge Revision, unbrauchbar, sodass er die Treppe nehmen musste, er aber zuerst im Empfang den Diensthabenden anknurrte, was ihm eigentlich einfalle, sein Parkplatz sei besetzt und der Lift ausser Betrieb und überhaupt, er habe heute frei und ob er die verdammte Leiche endlich gefunden habe.

Die Stimmung war am Boden, der Diensthabende auch. Worauf der Chefkommissar die Treppe nahm und keine Antwort abwartete. In seinem Büro wartete die nächste Katastrophe in Form des Staatsanwaltes und der Feststellung, es stinke nach Gauloises und das Rauchverbot gelte auch für Chefkommissare und warum er erst jetzt komme. Fournier zündete sich erstmal eine Gauloises an und schwieg. Der Staatsanwalt japste. Und Fournier schaltete den Polizeifunk ein, der Staatsanwalt sagte nichts, lief aber rot an und kam nicht mehr zu Wort. Weil, im Funk überschlugen sich die Nachrichten: Leiche nicht gefunden, Polizeitaucher nichts gefunden, Polizeihelikopter nichts gefunden. Dann die Nachricht, die Fournier aufhorchen liess:

Auf dem Parkplatz des Hopital d'Instruktion des Armés im 16. Arrondissement südlich der Seine hätten Passanten eine männliche Person neben einem dunkelblauen Jaguar gefunden und in den Notfall gebracht. Der Mann sei ca. 60 Jahre alt, sportliche Figur, lange, aber sehr gepflegte weisse Haare, manikürte Finger und podologisch gepflegte Füsse, Grösse 45. Die Kleidung unter einem eleganten Lodenmantel sei nach Mass gemacht. Es seien keine Ausweise, kein Portemonnaie, kein Handy aufgefunden worden. Auch der Jaguar sei in Zwischenzeit untersucht worden. Leider ohne Ergebnisse, es seien auch keine Fahrzeugpapiere vorhanden. Die Nummernschilder gehörten gemäss dem Amt de Circulation zu einem Renault 5, seien augenfällig offenbar in ziemlicher Eile angebracht worden, die vordere Halterung sei zum Teil abgebrochen.

«Merde alors» brüllte der Chefkommissar, der Staatanwalt daneben erstarrte. Und reagierte nicht, als der Chefkommissar erneut eine Gauloises bleu anzündete. Heute ist wohl nicht mein Tag, grunzte Fournier. Dann kam durch den Funk, der Jaguar sei verschwunden, Fournier ordnete sofort eine nationale Fahndung ein.

Ein Flic meldete sich per Handy, hinter dem östlichen Eingang zum Jardin d'Acclimation brenne ein Jaguar, vermutlich dunkelblau, die Feuerwehr sei vor Ort, kümmere sich aber um die umliegenden z. T. alten Bäume. Der Jaguar sei nicht mehr zu retten, da offenbar Brandbeschleuniger angewendet worden sei. «Da stimmt doch etwas nicht» knurrte Fournier und suchte beinahe gleichzeitig per Funk Sergent Paul Houssmann , ein Vertrauter in der Mordkommission, zu erreichen. Nach kurzer Zeit meldete sich dieser und bekam von Fournier den Befehl sofort zum Jardin zu fahren, er selber sei schon fast unterwegs. Nach kurzem Ueberlegen fuhr er mit seinem Dienstwagen und aufgesetztem Blaulicht zum westlichen Ausgang des riesigen Parkplatzes , die Schranken wurden schon geöffnet. Er stellte die Sirene an und dann sah er nach ein paar Metern im Gebüsch rechts einen ziemlich ramponierten orangen Renault 5 ohne Nummernschilder stehen. Er stellte sich direkt dahinter und versuchte auf dem Handy die Spurensicherung zu erreichen. Er stellte die Sirene wieder ab und steckte sich eine Gauloises bleu an. Der Handyempfang war wie üblich in Paris schlecht. Zwischen Knistern und Knacken gab er seinen Standort durch und brüllte, die Spurensicherung solle den alten Renault sofort sicherstellen und ihn umgehend in die Sureté in der Avenue Victor Hugo bringen. Fournier hatte sich gerade die nächste Gauloises angesteckt, da rückte bereits mit Blaulicht und Sirene die Spurensicherung an, dahinter ein Autotransporter der Sureté. Fournier verlangte, das ganze Gelände müsse weitgehend abgesucht werden. Dann stieg er wieder in seine Polizeiente, schaltete die Sirene wieder ein und bretterte zum Eingang zum Jardin d'Acclimation. Den aufsteigenden Rauch sah er schon von weitem. Mit quitschenden Bremsen hielt er an, stellte ordnungsgemäss Blaulicht und Sirene ab und eilte zu Houssmann, unterwegs eine Gauloises anzündend. Tatsächlich, auf den ersten Blick war die Farbe des komplett ausgebrannten Jaguars nicht erkennbar. Es roch penetrant nach verbranntem Leder und Gummi. Fournier forderte eine zweite Equipe der Spurensicherung an. Diese solle das Wrack rund um die Uhr bewachen und auskühlen lassen und danach ebenfalls in die Sureté bringen, um ihn spurentechnisch zu untersuchen. In der Zwischenzeit solle sich Houssmann im Hopital d' Instruction erkundigen, wie es dem Mann im Lodenmantel gehe und wann er vernehmungsfähig sei.

Im Empfang begegnete er dem Staatsanwalt. «Mon Dieu, der schon wieder!» brummelte Fournier, ging freundlich mit einem Lächeln auf diesen zu, «schön sie zu sehen»! Der war aber nun selber brummig und fragte nur nach der Leiche in der Seine. Leider nichts Neues, aber wir sind daran, aber entschuldigen sie bitte, ich habe da eine Idee.

Kaum im Büro angekommen, bekam Fournier einen Anruf. In der Banque Populaire , River de Paris sei in der letzten Nacht ein Bancomat gesprengt und ausgeraubt worden. Der Schaden am Gebäude sei immens. Anwohner hätten einen schweren, dunklen Wagen gesehen, der mit grosser Geschwindigkeit Richtung Westen weggefahren sei. Die Höhe der Beute sei noch unbekannt.

Fournier rief einen Krisenstab zusammen, verteilte Aufgaben, stieg in seinen Dienstwagen und fuhr in die Sureté.

Unterwegs ging sein Handy, hallo Houssmann, was ist los. Man habe den Renault 5 untersucht und dabei aufgrund der Chassisnummer herausgefunden, dass der Wagen vor zwei Wochen bei einem Schrotthändler im Arrondissement 14 für zweihundert Euro gekauft worden sei, von einem gewissen Louis Boulanger, eingelöst mit der Nummer 75-PSG- 82. Der Halter sei allerdings 96 jährig und besitze seit 12 Jahren keinen Führerschein mehr, wohnhaft sei er in der Rue Soyer 16, polizeilich nicht erfasst. Hingegen sei an derselben Adresse ein Phillippe Boulanger, Alter 45, gemeldet, offenbar der Sohn, nicht verheiratet, keine Kinder. Laut seinem Vater sei sein Sohn seit ein Paar Tagen nicht mehr aufgetaucht. In den Polizeiakten sei er infolge mehrer Straftaten, Einbrüchen, Schlägereien, Vergewaltigung und diverser Drogendelikten erfasst. Fournier liess sofort eine

nationale Fahndung auslösen. Beinahe gleichzeitig kam ein Anruf der Sureté: Die verbrannten Kontrollschilder am Jaguar konnten rekonstruiert werden: 75-PSG-82. Ebenso sei der ehemalige Besitzer ausfindig gemacht worden: Ein gewisser Jean-Jaques Bourdalaises, der den Jaguar vor drei Wochen neu gekauft und bar bezahlt habe. Kennzeichen: 75-RSQ 89. Ein stadtbekannter Immobilienmogul, wohnhaft in einer Jugendstilvilla im Quartier Latin. Verheiratet, keine Kinder. Polizeilich erfasst infolge zweier Geschwindigkeitsübertretungen. Seine Frau Georgette sei vernommen worden und gab zu Protokoll, sie habe ihren Mann seit drei Tagen nicht gesehen, eventuell sei er in die Schweiz in ihr Ferienhaus in Gstaad gefahren. Fournier liess sofort mit Hilfe des Staatsanwaltes eine Anfrage bei der Kantonspolizei in Gstaad veranlassen. Dann beordete er Houssmann unverzüglich in sein Büro. Dann lehnte er sich zurück und zündete sich eine Gauloises bleu an.

Kurz darauf schoss ein schnaufender Houssmann ins Büro und fluchte, dieser verdammte Lift sei immer noch nicht repariert. Er wusste, wenn sein Chef «unverzüglich» in das Funkgerät brüllte, dann meinte er auch «unverzüglich». Fournier, inzwischen die Füsse auf dem Pult, zündete sich eine neue Gauloises bleu an, und fragte relativ ruhig: Houssmann, was haben wir?

Housmann wollte gerade ansetzen, nur ein Hustenanfall von Fournier unterbrach ihn. Also nochmal von vorne grunzte dieser japsend.

Also, begann Houssmann , der ältere Herr im Hopital ist anscheinend wirklich der Immobilienhändler

Jean-Jaques Pourdalaises, gem. dem internistischen Leiter des Hopital zufolge sei nach einem Herzinfarkt ein Schlaganfall ausgelöst worden, die Untersuchungen seien noch im Gange, aber das erkläre auch, dass der Mann nicht sprechen könne, man müsse abwarten.

Dann klingelte das Telefon: «merde alors» brüllte Fournier, der Wachhabende meldete, eine ältere Dame aus der Gegend stehe am Schalter und hätte zwei Schilder 75-RSQ 89 in ihrem Grüncontainer gefunden. Die Spurensicherung sei verständigt.

Weiter Housmann!

Im Kofferraum des ausgebrannten Jaguar seien winzige Spuren eines Sprengstoffes, identisch mit denen aus der Banque Populaire sichergestellt worden.

Und was ist mit dieser verdammten Leiche? Knurrte Fournier dazwischen.

Leider immer noch negativ, keine Spur, aber man habe noch Polizeiaspiranten zur Mithilfe beigezogen. Es sei schwierig, nach dem tagelangen Regen seien die Ufer der Seine aufgeweicht und schwer zugänglich.

Dann ratterte das Faxgerät: Die Villa in Gstaad sei seit vierzehn Tagen unbewohnt. Der Gesuchte könne sich da nicht aufhalten, man bedaure.

Was ist mit diesem Phillippe Boulanger? fragte Fournier.

Leider auch noch nichts. Offenbar habe der sich abgesetzt. Aber man habe gute Bilder und die Fahndung International ausgeweitet. Fournier schien nachzudenken, zündete sich eine Gauloises an, obwohl die letzte noch auf dem Aschenbecher brannte. Houssmann kannte das: Der Chef war demzufolge am Nachdenken und jedes weitere Wort könnte ihn zum Brüllen bringen.

Bei einem weiteren Telefonat nahm Fournier die Füsse vom Tisch, hörte zu, schien blass zu werden.

Der Staatsanwalt meldete, der Verlust in der Banque Populaire betrag 14,7 Millionen Euro.

Fournier fasste zusammen: Houssmann haben sie die Zeugen, die die Leiche auf der Seine gesehen haben wollen nochmals vernommen? Ich glaube nämlich nicht, dass diese Leiche etwas mit unserem Fall zu tun hat.

Houssmann, sichtlich beleidigt über diese Frage, antwortete, ja sicher. Die Zeugen hätten sogar unter Eid ausgesagt und die Personalien seien samt und sonders überprüft worden.

«Merde alors» brüllte darauf Fournier, das Ganze stinke doch zum Himmel. Dann zündete er sich eine weitere Gauloises bleu an.

Houssmann gab dem Chefkommissar Recht und zählte aus dem Augenwinkel die Zigarettenstummel im Aschenbecher. Die Luft im Büro war in der Zwischenzeit zum Schneiden geworden, er riss das Fenster auf.

«Sind sie verrückt geworden, soll ich mir den Tod holen?» brüllte Fournier. Houssmann schloss das Fenster wieder und hustete dabei demonstrativ.

Dann erfolgte per Ticker eine neue Nachricht: Am Bett von Jean-Jaques Bourdalaise sei ein weisser Umschlag gefunden worden: Bis morgen Donnerstag am um genau 24 Uhr sei beim Eingang in den Park des ehemaligen Chateau St. Gingolf im Quartier Latin eine blaue Tasche mit 50‘000.- Euro zu deponieren.

Sofortig in die Wege geleiteten Nachforschungen von Houssmann und Fournier ergaben innerhalb einer Stunde folgendes:

Bei der Befreiung von Paris im August 1944 unter Leitung des legendären Géneral Leclerc de Hauteclocque sei unter anderem auch das Schlösschen St. Gingolf übel zugerichtet worden. Deutsche

Resttruppen hätten sich darin verschanzt, die letzte Bewohnerin, eine Agatha St. Gingolf sei dabei ermordet worden. Seither zerfiel die Besitzung, Bäume und Sträucher überwucherten die restlichen Gebäudeteile immer mehr. Ein normaler Zugang sei nicht möglich, diverse Pavillons im ehemaligen Park seien oder sind bereits eingestürzt.

«Himmel, Arsch und Zwirn, merde alors» brüllte nun Fournier. Danach war buchstäblich der Teufel los! Eiligst wurden unter der Leitung von Houssmann 30 zivile Aspiranten instruiert und abkommandiert in die Umgebung der Besitzung St. Gingolf. Spezialeinheiten mit grobem Werkzeug und Kettensägen wurden rundum postiert, Funk- und Telefonverbindungen eingerichtet.

Im grössten Trubel bekam Fournier einen Anruf auf das Handy. Nach anfänglichen Knistern konnte er die Einsatzleitung an der Seine ziemlich deutlich hören: Leider immer noch nichts von einer Leiche.

Fournier fluchte, aber diesmal nur innerlich und dann zündete er sich eine Gauloises bleu an. Dann ein weiterer Anruf: Emilie, Madame Fournier, also falls er jemals wieder zu Hause essen wolle, solle er gefälligst ein fertiges Hühnchen mit Pommes oder eine Tasche voller Sandwiches mitbringen. Weil, solange er sich nicht blicken liesse, würde sie sich weigern zu kochen. Patsch, und ohne ein weiteres Wort aufgehängt.

Nun half auch lautes Fluchen nichts, und eine weitere Gauloises bleu landete ungeraucht im Aschenbecher.

Inzwischen war es Donnerstag sechzehn Uhr dreissig. Dann tauchte Houssmann auf mit der Nachricht: Alles bereit, in der Umgebung seien zwanzig zivile Personen- und Lieferwagen in Position gebracht, alle instruiert und auf dem nicht abhörbaren Kanal 11 miteinander unter einem Codewort verbunden. Das Zimmer von Jean-Jaques Bourdalaises werde rund um die Uhr bewacht. Die gemeinsame Spannung stieg. Man war sich sicher, es sei alles bereit.

Dann klingelte das Telefon. Ein Kommissar aus San Remo war in der Leitung und teilte mit: Einem aufmerksamen Groupier sei ein Mann aufgefallen, der anscheinend sehr viel Geld verspielt habe und sich angeblich eine blaue Segeltuchtasche an das linke Bein gekettet habe. Laut Recherchen handle es sich um international gesuchten Phillippe Boulanger. Der Mann sei festgenommen und bereits auf dem Weg nach Paris.

«Endlich» brüllte Fournier, Houssmann, inzwischen eingenickt an seinem Pult, erschrak und begann zu stottern. Fournier erklärte: Der Mann, der den alten Renault anscheinend gekauft habe, sei gefasst und unterwegs.

Ein erneuerter Anruf auf das Diensthandy meldete,

Jean-Jaques Bourdalaises könne wieder, allerdings noch etwas lallend, sprechen und habe bei einer erneuten Einvernahme zu Protokoll gegeben, er hätte nur einen erkrankten Angestellten seiner Firma besuchen wollen, auf dem Parkplatz vor dem Hopital sei ihm plötzlich schlecht geworden und seither fehle ihm die Erinnerung. «Auf die Idee hätten sie auch früher kommen können» grunzte nun Fournier Houssmann an. «Sie auch» knurrte Houssmann.

«Eins ist klar» fasste Fournier zusammen, Bourdalaises hat mit der ganzen Sache nichts zu tun, vermutlich sei er nur zur Ueberbringung des Erpresserschreibens benützt und rein zufällig ausgesucht worden.

Dann lehnten beide Herren zurück, bestellten sich aber vorher Kaffee beim Empfang. Eine lange Nacht stand bevor.

Fournier meldete sich bei Houssmann ab und zog sich ins Bereitschaftszimmer zurück um sich hinzulegen.

Um kurz vor zwölf Uhr nachts wurde er durch sein Diensthandy geweckt: Phillippe Boulanger sei im Gefängnis La Santé in der Rue de la Santé hinter dem Boulevard Arago im 14 Arrondissment im Vernehmungsraum vier unter Bewachung angekommen. «Merde alors» brüllte der Kommissar ins Telefon, geht's auch noch komplizierter. Der anrufende Flic schien offenbar beleidigt und hängte nach kurzem Gruss ein.

Dann schien wieder alles ruhig. Houssmann war nicht da. Um vierundzwanzigdreissig meldete er sich per Funk: Am Eingang der ehemaligen Besitzung St. Gingolf sei ein Landstreicher festgenommen worden, es handle sich um einen Richard Lepetit, kein fester Wohnsitz, offenbar wohne er in den Resten eines Gartenpavillons, entsprechende Unterkunft sei sichergestellt. Na also, geht doch, knurrte Fournier und zündete sich auf dem Weg zu seinem Dienstwagen eine Gauloises bleu an.

Auf dem Weg ins La Santé meldete er sich bei Houssmann, er sei auf dem Weg ins La Santé und er erwarte ihn möglichst umgehend dort.

Kaum angekommen meldete sich auf dem Diensthandy ein Polizeiaspirant, man habe im Unterholz verkeilt eine weibliche Leiche gefunden. Allerdings handle es sich nicht um eine gewöhnliche Leiche sondern eher um eine geschminkte Silikonfigur, aber komischerweise zum Teil mit feinem Sand gefüllt. Die Spurensicherung sei unterwegs und das Terrain weiträumig ausgeleuchtet.

Fournier grinste zufrieden und zündete sich eine neue Gauloises bleu an. Er wartete auf Houssmann, und dachte nach. Irgendetwas rumpelte in seinem Kopf, aber er wusste noch nicht was.

Die Vernehmung von Pillippe Boulanger verlief zunächst harzig, er streitete alles ab, er wisse nichts von einem orangen Renault 5 und von einem Anschlag auf die Banque Populaire wisse er erst nichts.

Und nachweisen könne man ihm gar nichts, er wolle nun seinen Anwalt sprechen.

Unter der erdrückenden Beweislast von Houssmann und Fournier schliesslich knickte er um zwei Uhr morgens ein und gestand, den Renault nur gekauft zu haben, um legale Nummernschilder und Sprengstoff zu organisieren. Den Jaguar auf dem Parkplatz habe er zufällig entdeckt und die Nummernschilder seien in einer Minute gewechselt. Nein, einen Mann neben dem Jaguar hätte er nicht gesehen und im übrigen sei ein Jaguar leicht zu knacken. Den Sprengstoffanschlag auf die Banque Populaire und die Mithilfe von Richard Lepetit gestand er ebenso, sie hätten sich vor zehn Jahren hier im La Santé als Zellennachbarn kennengerlernt.

Daraufhin wurde Boulanger in eine Einzelzelle verbracht.

Die beiden Kommissare gingen an die frische Luft, Fournier mit einer neuen Gauloises bleu und einem zufriedenen Lächeln.

Er erzählte Houssmann von der gefundenen Leiche und während dem, machte es plötzlich klick.

Natürlich rief Fournier. Vor etwa fünf Jahren hatte er in einer Ausstellung, die er mit seiner Frau besucht hatte, einen Physiker der Sorbonne kennengelernt. Und während er erzählte fiel ihm auch der Name wieder ein: Professor Théo Gaillard, mit einem Lehrstuhl an der Sorbonne. Den besuchen wir morgen früh.

Punkt achtuhrdreissig fragten sie nach einem Prof. Gaillard. Nach kurzer Wartezeit wurden sie angemeldet, ja, der Professor erwarte sie in seinem Labor. Die Begrüssung war herzlich und interessiert. Nach mehreren Fragen der beiden Herren bekräftigte der Professor, ja, er unterrichte zur Zeit eine Gruppe Studenten zum Thema Schwerkraft im und über dem Wasser. Die Idee mit der Puppe hätte er den Studenten zwecks Selbststudium sogar selber empfohlen. Offenbar sei da etwas aus dem Ruder gelaufen, das tue ihm leid.

Fall gelöst brummte Fournier auf dem Parkplatz und zündete sich eine Gauloises bleu an. Darf ich sie zu einem Bier einladen.

cw. Februar 2023

Zweiter Teil – Ein neuer Tag

Am Montag Morgen, den 15. Mai 2023 war Gustav Fournier bereits beim Aufstehen schon ziemlich schlechter Laune. Emilie, seine Frau, hatte ihn einige Minuten zu spät geweckt. Zudem war beim Anziehen eines tadellosen frischen weissen Hemdes beim Spannen über den inzwischen etwas vergrösserten Bauch ein Knopf abgesprungen.

Beim Frühstück nach dem fünften Croissant konnte sich Emilie nicht mit ihrem dem Kommentar zurückhalten und bemerkte: Du solltest etwas abnehmen, dein Bauch platzt ja bald einmal, versuch es doch mal mit irgendeinem Sport, zum Beispiel mit Jogging. Das kam nicht wirklich gut an. Fournier sagte nur «merde alors, du auch noch, was soll dieser Blödsinn. Ihr Frauen futtert euch auf unsere Kosten einen dicken Hintern an und versucht dann, wiederum auf unsere Kosten mit Tennis, Golf und Yoga und weiss der Teufel noch was, wieder eine vernünftige Figur zu bekommen, natürlich wiederum auf unsere Kosten, aber einen Knopf vernünftig anzunähen muss ich wohl auch noch selber machen. Und wenn ich vor lauter Arbeit mal ein paar Gramm zunehme, wird gemotzt». Damit sprang er vom Tisch auf, riss seine Jacke vom Hacken und knallte die Türe mit Schwung zu.

«Mon Dieu, diese sturen Choleriker!» sagte Emilie zu sich selber, stand auf und machte mit einer Kollegin zum Golfen ab.

Fournier quälte sich mit seiner Dienstente durch den Morgenverkehr von Paris, laut den Zarewitsch von Franz Lehar von seiner Lieblings-CD mitsingend. Dann schaltete er doch das Blaulicht und die Sirene an, war zwar verboten, aber schliesslich ist Gefahr in Verzug, sagte sich Fournier.

Durch das Gerumpel über Trottoirränder, über Schotterpisten und manchmal kleine Treppen rauf und runter, stellte plötzlich der CD-Player ab, knisterte ein wenig und war schliesslich ganz weg, trotz den Hieben von Fournier blieb das Gerät stumm und auch das laute Fluchen half nichts; vermutlich irgendwo ein Wackelkontakt. Fournier fummelte sich eine Gauloise heraus und brüllte gleich wieder los, denn sein Feuerzeug machte keinen Wank mehr. Und schliesslich war auch noch sein persönlicher Parkplatz vor der Mordkommission besetzt. Eine grosse verdunkelte Mercedes Limousine mit Standarten versperrte fast die ganze Einfahrt. Fournier stellte seine Polizeiente quer dahinter und versuchte sich einerseits verwundert, andererseits immer noch in Rage, zu beruhigen.

Er stürmte trotz seines Gewichtes ohne ein Wort am Diensthabenden vorbei, schnurstracks in den Lift, drückte nach oben, dann nach unten, ohne irgendwelchen Erfolg. Dann klemmte auch noch die Türe. Es blieb wiederum trotz allem, nur die Treppe. Mit viel Geschnaufe stiess er seine Bürotüre derart kräftig auf, dass ein Besucher dahinter beinahe samt Stuhl das Gleichgewicht verloren hätte.

«Wer zum Teufel sind sie, was wollen sie?» brüllte Fournier. Mit einer feinen Stimme sagte der Besucher «aha, sie müssen wohl der Chefkommissar Gustav Fournier sein? Mein Name ist Lefèbre, Minister für internationale Sicherheit und Zusammenarbeit, ich freue mich, sie persönlich kennen zu lernen». Fournier wollte sich gerade eine Gauloise anzünden, fuhr der Minister weiter: «Einen Moment noch. Ich fühle mich geehrt, ihnen im Namen unseres verehrten Präsidenten Emmanuel Macron und im Namen der EU in Brüssel ein Schreiben zu überreichen». Dann zog er aus einer handgenähten Rindsledermappe eine Akte heraus, offenbar die Einzige, die darin war, und überreichte das Dokument feierlich dem immer noch sprachlosen Fournier. Der nette Herr Minister sagte noch «ich freue mich auf die Zusammenarbeit, ich empfehle mich», ging zur Türe und verschwand. Fournier war irgendwie zusammen gesackt, verstand die Welt nicht mehr, wollte sich soeben endlich eine Gauloise anzünden, als das Telefon klingelte: «Hier ist der Wachthabende, können sie bitte ihren Dienstwagen wegfahren». «Dann schieben sie ihn gefälligst weg, sie Anfänger!» brüllte Fournier und hängte auf.

Jetzt endlich eine Gauloise, sagte sich Fournier und suchte nach Feuer. Danach rief er seine Sekretärin an und knurrte in die Muschel «Wo ist eigentlich Houssmann? Der soll sich gefälligst blitzartig bei mir melden!» Dann lehnte er sich zurück, die Akte des netten Ministers blieb weiterhin unbeachtet.

Erneut rief der Wachthabende an: «Sie sollten unbedingt die Handbremse ihres Dienstwagens überprüfen lassen. Der Wagen ist davongerollt und in die Limousine des Ministers gekracht! Leider ist der Kotflügel hinten links eingebeult. Aber wenn sie möchten, bringe ich ihren Citroen sofort in die Polizeigarage, aber dafür müsste ich den Schlüssel haben.» Das nachfolgende Gefluche konnte vermutlich nicht mal Fournier selber verstehen. Der Wachthabende liess das Gewitter abziehen und wartete bis der Chefkommissar wieder Luft holen musste. «Ich schicke ihnen einen Sergeant ins Büro, der den Schlüssel abholt», und hängte sofort ein. Fournier brüllte noch ins Telefon «sie unendliche Pappnase!»

Keine Minute später stürmte Houssmann ins Büro und riss als erstes das Fenster auf «Chef wo brennts?» «Sind sie wahnsinnig geworden, soll ich mir den Tod holen? » war die gehässige Antwort von Fournier, «wo treiben sie sich eigentlich den ganzen Tag herum? Schliessen sie sofort das Fenster!» Danach griff er zu einer Gauloise, obwohl schon zwei im Aschenbecher vor sich hin glühten.

«Entschuldigen sie Chef, ich habe versucht sie zu erreichen, aber sie gehen ja nicht ran!» grummelte Houssmann, «Es gab nach einer heftigen Auffahrkollision einen Brand in einer Seitenstrasse der Rue la Boétie hinter der Rue Boudry. Ein Mehrfamilienhaus aus dem letzten Jahrhundert sollte anscheinend entmietet werden um Platz für einen Neubau zu schaffen, vermutlich Brandstiftung. Feuerwehr und Ambulanzen sind vor Ort, ebenso die Spurensicherung. Ueber Personenschäden können wir noch nichts sagen, das ganze Quartier riecht nach Benzin, das Feuer brach an mehreren Orten gleichzeitig aus!» «Die Kurzfassung reicht, ich weiss, wo das ist!» knurrte der Chefkommissar.

«Und öffnen sie endlich das Fenster, die Luft hier drin ist ja zum schneiden!»

Einigermassen beleidigt stand Houssmann unter heftigem Husten auf. Der Chefkommissar warf ihm unterdessen den Umschlag des Ministers auf das Pult: »Lesen sie das mal!» «Entschuldigen sie Chef, das ist verschlossen und an sie persönlich gerichtet!» «Sie sollen nicht herumlamentieren sondern einfach nur tun, was ich sage!»

Houssmann öffnete den Umschlag mit dem Stempel des französischen Staates darauf, mit einer sichtbaren Ehrfurcht! «Himmel noch mal, soll ich ihnen das vielleicht vorlesen, oder können sie das vielleicht die nächsten Paar Stunden selber?» grummelte Fournier. Anscheinend war es selber neugierig über den Inhalt des offenbar so wichtigen Schreibens. Dann war es ziemlich lange ruhig im Büro, bloss die angerauchten Gauloises motteten vor sich hin.

Nun war es an Houssmann, sichtlich immer bleicher zu werden.

Plötzlich sprang er derart auf, dass sein Bürostuhl mit Schwung in das Aktengestell dahinter knallte und stürmte auf Fournier zu. Der befürchtete, Houssmann wolle ihn womöglich umarmen und küssen.

«Ich gratulieren ihnen herzlich Monsieur le Docteur!» «Setzen sie sich gefälligst wieder hin, sie Chaot und lassen sie den Quatsch! Sind den heute alle verrückt geworden!»

Ein beleidigter Houssmann suchte seinen Stuhl «aber hier steht schwarz auf weiss! Der französische Staatspräsident, Dr. Emmanuel Macron beehrt sich, sie aufgrund ihrer grossen Verdienste um die Sicherheit in Paris im Besonderen und des französischen Staates und auf Grund eines Vertrages mit der EU für eine Zusammenarbeit mit befreundeten Staaten für vorerst zwei Monate zu beurlauben und nach Wien zu beordern. In der Beilage finden sie ein persönliche Schreiben unseres geschätzten Bundespräsidenten der Republik Oestereich, Herr Dr. Alexander van der Bellen.

«Und was will der?» fragte nun ein ziemlich zusammengesackter Fournier.

Houssmann las weiter: «aufgrund ihrer grossen Verdienste und aufgrund der österreichischen Gepflogenheiten, ernenne ich sie zum Dr. h.c. Gustav Fournier, a.o. Chefkommissar für die Stadt und das Umland der Stadt Wien. Sie rapportieren direkt an Bundespolizeidirektor, Mag. Dr. Gerhard Pünstl, Schottenring 7-9 in Wien. Zur Uebergabe der notwenigen Dokumente, wie Flugtickets, aller notwendigen Reisedokumente, Aufenthalts- und Arbeitsbewilligungen, erwarten wir sie, selbstverständlich mit ihrer Frau Gemahlin, am 07. Juli 2023 ab 10.30 Uhr im Hotel Ritz , 15 Place Vendôme zu einem Apéro mit anschliessendem Mittagessen. Der österreichische Geschäftsträger in Paris, Mag. Wolfgang Wagner erwartet sie pünktlich und in angemessener Kleidung.

Hochachtungsvoll, gez. Dr. Alexander van der Bellen.

Dann war es sehr still im Büro, Houssmann wartete auf den üblichen Vulkanausbruch von Fournier. Vorerst aber geschah nichts dergleichen, es blieb verdächtig ruhig.

Houssmann wurde langsam unruhig. Bei Fournier regte sich nichts, er war nur sehr bleich, beinahe weiss, schien kaum zu atmen.

Houssmann startete einen Versuch: «Herr Dr. Chefkommissar, sie haben da einen Knopf verloren!»

Danach ging es aber richtig los, ein Vulkanausbruch im Doppelpack, ein Hurrikan! Dagegen war alles Andere ein laues Sommerlüftchen, hinterliess quasi eine Schneise der Verwüstung, mindestens verbal: «Merde alors, das weiss ich selber, sie Weisheitsfuzzi! Kümmern sie sich gefälligst um ihr Feuerchen und lassen sie mich endlich mit ihrem Geschwaffel in Ruhe sie Gefühlsignorant. Ich will noch heute ihren Bericht auf meinem Tisch haben. Was denken die sich überhaupt! Bin ich ein Sklave, den man beliebig herumreicht! Morgen werde ich womöglich in den Himalaya oder in die Wüste Gobi versetzt! Ueberhaupt bin ich im Juli krank und zudem könnte meine Mutter jeden Tag die Treppe herunterstürzen. Ausserdem haben wir spätestens dann eine Beziehungskrise! Und jetzt schliessen sie, verdammt nochmal endlich das Fenster!» «Aber ihre Mutter, verzeihen sie, ist doch bereits vor zehn Jahren gestorben…» «ja, da sehen sie mal, was alles an mir hängt! Und morgen früh lassen sie gefälligst im Sekretariat ein Ablehnungsschreiben aufsetzen und unterzeichnen sie mit gez. Gustav Fournier. Zudem denke ich nicht daran, weder nach Wien noch irgendwo sonst wohin zu gehen. Merken sie sich das gefälligst! Schauen sie endlich, dass diese Pappnase da unten mich nach Hause fährt! Ich habe die Schnauze für heute mehr als voll! Und jetzt verschwinden sie, sie Hornochse!»

Houssmann stand auf, ging zur Türe und schnauzte seinerseits: «verdammter Choleriker!, äh Herr Doktor Choleriker !» Und dann knallte er die Türe dermassen zu, dass sie beinahe aus den Angeln sprang.

Fournier fiel buchstäblich in sich zusammen, vergass sogar zu rauchen. Die ganze Farbe war wieder aus seinem Gesicht gewichen und er zitterte am ganzen Körper.

Zwei Stunden später empfing ihn Emilie zu Hause. Mit honigsüsser Stimme teilte sie ihm mit, sie hätte heute sein Lieblingsessen, einen französischen Fischeintopf nach provenzialischer Art bereit, zudem habe sie ihm ein weisses, frisches Hemd bereitgelegt und fügte noch hinzu «ich habe alle Knöpfe kontrolliert! Hattest du einen angenehmen Tag?» «wie immer» brummte es zurück, dann verschwand Fournier in seinem Arbeitszimmer und donnerte die Türe zu! Emilie seufzte: Da soll einer diesen Mann verstehen!

Forts. folgt

cw, Mai 2023

Dritter Teil – Joy Grimansau

Der Juni ging wie im Flug vorbei. Nach der Ernennung durch den österreichischen Bundespräsidenten zum Dr. h.c. Gustav Fournier wurde der Kommissar jeden Tag brummiger und ungeniessbarer. Houssmann wich ihm aus wo er konnte. Fournier hatte noch den mysteriösen Brand in der Rue la Boétie zu klären, jede Menge Berichte zu schreiben, die liegengeblieben waren, seinen Abgang in Paris und die Versetzung nach Wien vorzubereiten. Zudem nahte der siebte Juli mit dem Empfang im Ritz, was ihn sowieso alles Andere als begeisterte. Weiter nervte er sich jeden Abend über seine Frau, Emilie. Sie empfing ihn seit drei Wochen jeden Abend mit den gleichen Worten: «Was soll ich bloss anziehen, ich habe doch Nichts!» Bis jetzt hatte Fournier darauf keine Antwort gegeben. Aber an diesem Abend platzte ihm der Kragen: «Merde alors, dann bleibst du halt zu Hause oder nimm fünf Kilo ab und komm meinetwegen nackt mit! Ich will davon nichts mehr hören!» Damit schlug er die Türe zu seinem Arbeitszimmer zu und hinterliess eine heulende Emilie am Küchentisch. Die Nerven lagen total blank.

Anderntags meldete sich eine Journalistin von der grössten Boulevardzeitung «Le Parisien» und bat um ein Interview mit Dr. h.c Gustav Fournier. Dieser brüllte zunächst ins Telefon und danach nach Houssmann! Der solle das gefälligst übernehmen, dafür hätte er keine Zeit und zudem einen Tag voller Termine!

Aber dann musste er doch lächeln: Auf seinem Parkplatz stand seine frisch gewaschene Dienstente und wie sich herausstellte mit reparierter Handbremse und einem wieder funktionierenden CD-Player. Fournier meldete sich beim Diensthabenden ab und fuhr erstmal mit Blaulicht in den Parc de Boulogne im XVI. Arrondissement, im Westen von Paris. Er freute sich über den Zarewitsch von Franz Lehar im wirklich perfekt klingenden CD-Player. Dort setzte er sich auf eine Parkbank und zündete sich eine Gauloise an. Eine kurze Auszeit, die er unheimlich genoss. Sein Diensthandy drückte er weg, ebenso sein Privathandy nachdem er auf dem Display gesehen hatte, dass es Emilie war.

Und dann geschah etwas, womit er überhaupt nicht gerechnet hatte: Aus seinem linken Augenwinkel realisierte er, dass er fotografiert wurde. Ein junges Mädchen machte offenbar Fotos von ihm.

Er sprang auf und knurrte die Fotografin an: «Was soll das? die Kamera ist beschlagnahmt! Los, geben sie schon her!

Das Mädchchen lächelte ihn mit ihren leuchtenden blauen Augen an und streckte ihm die Kamera hin und fragte gleichzeitig mit unschuldiger Miene: «Ist ihre Auszeit hier dienstlich?» Und zückte dazu ihren Ausweis: Joy Grimansau, Journalistin vom Le Parisien.

Fournier war nun total perplex «Wie kommen sie hierher?» «Ach wissen sie Herr Chefkommissar Dr. Gustav Fournier, wenn ein weisser Döschwo sich mit Blaulicht einen Weg durch den Wahnsinnsverkehr von Paris zwängt, kann das nur Einer sein!» Fournier war nun entgültig verdattert, gab dem Mädchen die Kamera zurück und sagte nur: «Kommen sie». Zusammen setzten sie sich auf die Parkbank, sagten vorerst nichts, genossen die Aussicht. Fournier zündete sich eine Gauloise an, das Mädchen fragte: «Darf ich auch eine haben?»

Beide rauchten schweigend.

Dann lächelte das Mädchen wieder und fragte: «Ich weiss, sie haben keine Zeit und einen Tag voller Termine, darf ich ihnen trotzdem eine paar Fragen stellen?» «Sicher, wenn sie schon mal da sind!» lächelte nun Fournier zurück. Er war begeistert von diesem Mädchen in ihrem schlichten schwarzen Kleid und den kurzen Haaren.

Nach zwei Stunden, sehr intelligenten Fragen von Joy Grimansau und oftmals zögernden und wohl überlegten Antworten von Fournier waren die Beiden per du, rauchten nochmals eine Gauloise zusammen und verabschiedeten sich beinahe freundschaftlich. Joy umarmte den Kommissar, küsste ihn auf die Wange. Wenn der Altersunterschied von schätzungsweise zwanzig Jahren nicht gewesen wäre, hätte sich Gustav vermutlich verliebt. Ein typischer Choleriker halt: schnell aufbrausend, ungeduldig, zum Teil auch grob werdend, andererseits aber auch unheimlich verletzbar und feinfühlig.

Fournier fuhr zuück ins Büro, diesmal ohne Blaulicht.

Im Büro löste er erstmal das Kleiderproblem von Emilie: Er rief die Uniformschneiderin der Polizei an. Monique Desponds, eine nette Dame, die sich seit zwanzig Jahren um die Uniformen und Anzüge der Polizei kümmerte. Mal musste sie die Hosen oder Jacken kürzen, dann wieder verlängern, dann stimmte der Bund wieder nicht, meistens musste dieser erweitert werden, selten eingenommen, Uniformjacken wurden zu eng, dann wieder zu weit, Knöpfe mussten angenäht oder nach schwierigen Einsätze

Risse oder manchmal sogar Einschusslöcher repariert werden. Nach Beförderungen nähte sie sogar total neue Stücke. Fournier fragte sie, ob sie eventuell bei Emilie vorbeigehen könnte und ihr ein einfaches schwarzes Kleid mit entsprechender Jacke nähen könnte. Monique Desponds war begeistert von wieder einmal einem anderen Auftrag, sagte sofort zu und versprach noch heute Abend vorbeizugehen. Fournier bedankte sich und dachte für sich: Problem gelöst, hoffentlich gibt's jetzt endlich Ruhe an der Kleiderfront!

Allerdings war das Thema an diesem Abend: Welche Schuhe, welche Handtasche und welcher und vor allem wieviel Schmuck. Der Kommissar reagierte wie die letzten Tage mit Zuknallen der Türe zu seinem Arbeitszimmer. Er begriff überhaupt nichts mehr! Jedenfalls nicht an diesem Abend.

Am andern Morgen, der Kommissar hatte schlecht geschlafen, denn die ewige Müderei mit Emilie ging ihm allmählich auf den Geist, war er früh im Büro, genoss einen endlich wieder funktionierenden Lift.

Auf seinem Tisch lag ein grosser weisser Umschlag, Absender «Le Parisien». Gespannt öffnete Fournier: Es war der Entwurf der Reportage von Joy, inkl. einiger Fotoabzüge. Huch, dachte der Kommissar, ich wusste gar nicht, dass ich dermassen fotogen bin! Interessiert las er das Manuskript und zeigte sich angenehm überrascht. Aber am Meisten freute er sich natürlich über die beiliegende

Grusskarte von Joy, die sich bedankte und darum bat, den Artikel abzusegnen. Bevor es jedoch dazu kommen konnte, stürmte Houssmann durch die Türe und rief: «Sie hatten wieder mal Recht Herr Dr. Kommissar, wir haben die Schlussberichte der Untersuchungskommission und der Spurensicherung!» und wedelte dazu mit mehreren Dossiers herum: «Jetzt lassen sie endlich den verdammten Dr. weg!»

«Und verdammt noch mal, setzen sie sich endlich hin, holen sie Luft und erzählen sie!» Fournier zündete sich eine Gauloise an und lehnte sich zurück.

Houssmann begann zu erzählen, erst noch ziemlich atemlos, dann immer ruhiger: «Der angebliche Auffahrunfall in der Rue la Boétie wurde künstlich herbeigeführt. Wie sie wissen gingen beide Fahrzeuge, ein Renault und und ein älterer Citroen GS sofort in Flammen auf und brannten fast gänzlich aus. Gleichzeitig fing da alte Mehrfamilienhaus, welches abgerissen werden sollte an verschiedenen Orten an, gleichzeitig zu brennen. Wir konnten eindeutige Spuren von Brandbeschleuniger feststellen. Sowohl in den beiden Fahrzeugen und ebenfalls in dem Haus. Zudem haben wir in der Ruine Reste von mehreren Kunststoffkanistern sicher gestellt.

Weiter hat ein Zeuge in der Nachbarschaft einen älteren hellblauen Range Rover mit mindestens drei Männern wegfahren sehen. Das Fahrzeug konnten wir inzwischen ebenfalls sicherstellen. Es ist zugelassen auf den Besitzer der entmieteten Liegenschaft, den wir in Untersuchungshaft genommen haben. Die Kollision diente einzig dazu, Passanten, Anwohner und eventuelle Zeugen abzulenken. Im Range Rover haben wir zudem ein Blasrohr sichergestellt, das offenbar dazu genutzt wurde, eine brennende Zigarette in das zuvor vorbereitete Haus zu blasen und so den Brand auszulösen. Die Spurenlage ist eindeutig, es bestehen absolut keine Zweifel.»

Houssmann schlug die vor ihm liegenden Aktendeckel zu und lehnte sich nun seinerseits zurück.

Fournier sagte vorerst nichts, stand auf und öffnete das Fenster. «Sind sie verrückt geworden, soll ich mir den Tod holen?» rief nun Houssmann und zwinkerte mit einem Auge. «Seien sie nicht so wehleidig!» antwortete Fournier nun ganz ruhig.

Zum ersten Mal seit drei Wochen wirkte Fournier ruhig und entspannt. «Dieser Fall hat mich doch sehr beschäftigt, ich konnte mir anfangs keinen Reim daraus machen. Gott sei Dank sind keine Opfer zu beklagen!» «Ausser der deutschen Dogge!» antwortete Houssmann. «Was?» fuhr ihn Fournier an, «davon weiss ich ja gar nichts!» «Nein, wir sind auch darauf hereingefallen, es stellte sich schlussendlich heraus, dass es sich um ein Präparat handelte. Irgendein ehemaliger Mieter hat wohl seinen einstigen Hund präparieren lassen.»

«Ich denke, sie schreiben die nötigen Protokolle?» meinte nun Fournier, «Ich habe leider noch zu tun, ich bedaure!»

Nachdem Houssmann das Büro verlassen hatte, griff der Kommissar nach dem Telefon.

«Hallo, hier ist Gustav, können wir uns in einer Stunde im Parc de Boulogne treffen?» Danach meldete er sich ab und setzte sich in seine Dienstente, ohne Blaulicht.

Forts. folgt

cw, Juni 2023

Vierter Teil – Chefkommissar Fournier geht nach Wien

Drei Tage vor dem Empfang des österreichischen Gesandten in Paris, Mag. Wolfgang Wagner, im Ritz, brachte ein Kurier zwei Umschläge in Büttenpapier einerseits an Mme. Emilie Fournier, andererseits an Dr. h.c. Gustav Fournier. Drinnen waren zwei Karten in goldenem Prägedruck: Hotel Ritz, 15 Place Vendôme, 07. Juli 2023 10.30 Uhr im kleinen Salon zum Apéro mit anschliessendem Mittagessen, schwungvoll mit Füllhalter unterzeichnet: Mag. Wolfgang Wagner.

Emilie war unglaublich gerührt, aber auch ziemlich nervös. Einerseits hatte sie sich auf diesen Tag gefreut, andererseits aber auch gefürchtet. Sie beschloss, heute auf den Markt zu gehen und für ihren Kommissar etwas ganz Besonderes zu kochen: Sie dachte an eine Fischspezialität aus der Normandie, vielleicht je nachdem, was erhältlich war, an ein Käsebuffet zum Dessert.

Der Kommissar war, wie üblich vor besonderen Festtagen unheimlich mürrisch. Die Angestellten im Kommissariat kannten das bereits und wichen ihm, so gut, wie es eben ging, aus.

Fournier igelte sich in seinem Büro ein, qualmte eine Gauloise nach der andern und versuchte sich, aufgrund von internen Berichten mit den Besonderheiten von Wien bekannt zu machen. Mit der deutschen Sprache hatte er keine Mühe, weil er ja ziemlich lange als Kommissarsanwärter in Berlin gelebt hatte.

Emilie hatte Glück: Alles, was sie sich zusammengestellt hatte für diesen Abend, war auf dem grand marché erhältlich: Zur Vorspeise dachte sie sich: Austern von Veules-les-Roses, besonders zart infolge ihrer Herkunft aus der Bucht von St. Michel. Als Hauptgang plante sie einen sanft gegarten Lammrücken, ebenfalls aus der Bucht von Mont St. Michel. Danach vielleicht einen kleinen Calvados Pays d'Auge. Besonders fruchtig weil zweimal destilliert. Den Abschluss bildete eine Käseplatte mit den bekanntesten Sorten aus der Normandie: natürlich den berühmten Camembert de Normandie, einen Pont de L'éveque und selbstverständlich den Neufchâtel, dazu einen typischen Cidre.

Sie deckte den grossen Wohnzimmertisch weiss ein, holte ihre teuren Gläser aus dem Buffet und dazu ihr Hochzeitssilberbesteck. Sie war zufrieden mit sich. Es sah grossartig aus!

Allmählich verbreitete sich der Duft von frischen Kräutern und Käse im ganzen Haus. Auch der leicht salzige Geruch der Austern war wahrnehmbar.

Völlig ungewohnt kam Gustav Fournier bereits um halb fünf mit einem riesigen Karton unter dem Arm nach Hause. Er schnupperte und fragte, was es denn heute zu feiern gebe. Emilie lächelte und der Kommissar verzog sich mit seiner Schachtel in sein Arbeitszimmer. Emilie wunderte sich ein wenig, als sie ihren Mann plötzlich im Bad schimpfen hörte: «verdammtes Ding»! Aber sie hielt sich zurück und kümmerte sich weiter um das Essen. Fast drei viertel Stunden später stand der Kommissar im edlen schwarzen Anzug mit Gilet, passender Kravatte und dazugehörigem Einstecktuch im Wohnzimmer. Es passte alles und schien massgeschneidert, nichts war zu eng oder spannte. Dazu trug er schwarze hochglänzende äusserst elegante Schuhe.

Gustav Fournier hatte einen hektischen Tag hinter sich: Am Vormittag stürmte Houssmann ins Büro mit einer Meldung aus dem Ticker: Im Zusammenhang mit den nächtlichen Unruhen anlässlich eines erschossenen Jugendlichen durch die Polizei, wurde offenbar auch eine Jugenstilvilla im Stadtteil Saint-Germain-des-Près abgefackelt. Aufgrund der aktuellen Ereignisse war das Anwesen beim Eintreffen der Feuerwehr bereits im Vollbrand. Die Spurensicherung sei überzeugt, dass hier ein Trittbrettfahrer am Werk war, weil in diesem Quartier bis jetzt keine Demos oder unregelmässigen Vorkommnisse festzustellen waren, ausserdem rieche es nach Brandbeschleuniger. Fournier möchte doch bitte auf dem Brandplatz vorbeikommen. Dieser war alles andere als begeistert: erstens versuchte er, seit einer Stunde Joy zu erreichen und zweitens hatte er einen Termin mit der Polizeischneiderin Monique Desponds.

Er raste also, diesmal mit Sirene und Blaulicht, mit seiner Polizeiente zu der angegebenen Adresse, was allerdings schwierig war. Die nächtlichen Ereignisse machten etliche Strassen beinahe unpassierbar.

Hunderte von Polizisten und Einsatzfahrzeuge der Feuerwehr und Ambulanz versperrten die ohnehin ewig überlasteten Strassen, Brandgeruch lag in der Luft, umgekippte und angezündete Container und umgeworfene Absperrgitter lagen herum, wo man hinschaute eingeschlagene Schaufenster, heruntergerissene Rollläden. «Kranke Zeiten!» murmelte der Chefkommissar und konnte gerade noch einem ausgebrannten Autowrack ausweichen.

Der Brandplatz sah schrecklich aus. Das Haus teilweise eingestürzt, handgeschmiedete Fenstergitter hingen an der Fassade, grosse Bäume waren nur noch Stummel, die ehemals herrschaftliche Einfahrt war ein einziges Chaos, überall standen Feuerwehrfahrzeuge, die noch Glutnester bespritzten. Die grosse Autohalle östlich des Herrschaftshauses war ein einziger rauchender Schutthaufen, darin konnte man verschiedene Fahrzeuggerippe erkennen. Der Geruch war fast nicht auszuhalten.

Houssmann hatte in der Zwischenzeit ganze Arbeit geleistet und nicht ohne Stolz begrüsste er den Chefkommissar und stellte ihm auch sofort einen Monsieur Michel Boron, Vizedirektor der «AXA Paris» vor. Dieser überreichte ohne viele Worte eine Kopie der Versicherungspolicen, lautend auf einen Docteur Charles Mermond, Anwalt hier in Paris, vor drei Wochen verstorben; eine Liste mit Fahrzeugen, Versicherungswert aktuell 8,4 Millionen Euro, zudem eine Hausratpolice über 7 Millionen und eine Gebäudepolice über 18,4 Millionen, Besitzer seit einer Woche der einzige Nachkomme Jean-Rèné Mermond, Anlageberater, wohnhaft hier.

Fournier gab sofort Anweisungen, Brandfahndung und Spurensicherung müssten unverzüglich personell verdoppelt werden, zudem solle der Erbe, Jean-Rèné Mermond ins Präsidium gebracht werden; und zu Houssmann gewandt «hier versucht Jemand diesen Brand den jugendlichen Demonstranten in die Schuhe zu schieben! Ich bin wieder im Büro, wenn sie mich brauchen!» Ein Flic auf dem Motorrad bahnte ihm einen Weg zurück durch das Chaos der Stadt.

Im Büro versuchte er erneut Joy zu erreichen, leider ohne Erfolg. Danach kümmerte er sich rauchend um die Versicherungsunterlagen von Monsieur Boron. Als erstes fiel ihm auf, dass sämtliche Versicherungssummen vor zwei Wochen massiv erhöht worden waren.

Da der Vater von Fournier in den fünfziger Jahren ebenfalls einen Panhard Levassor fuhr und dem Kommissar somit die längst ausgestorbene Marke ein Begriff war, interessierte ihn die Fahrzeugliste besonders.

Er wusste, dass Panhard Levassor als eine der ältesten Automarken der Welt galt, gegründet 1886, Hersteller von Luxusautos, Erfinder von ventillosen Motoren, die an dieser Stelle verbauten Schiebermotoren waren bedeutend leiser, aber viel teurer. Auf der Versicherungsliste waren folgende Modelle, alle von Panhard Levassor aufgelistet, alle mit Attest und eingelöst: PL X 76 Dynamic 130, 1937, ein PL X 77, ebenfalls 1937, ein PL Dyna Cabrio, 1956, ein PL Dyna Z, Grand Standing, 1950, ein PL Dynamic Décapotable, 1936. Alle top restauriert.

Während dieses Studiums kam ein Anruf von Houssmann: Die Fahnder hätten soeben in einem der vollständig ausgebrannten Fahrzeug menschliche Ueberreste sichergestellt. Diese seien bereits unterwegs in die Gerichtsmedizin.

Danach versuchte der Kommissar erneut Joy zu erreichen, die Nummer war aber blockiert. Der nächste Anruf kam auf der internen Dienstnummer von Monique Desponds, sie sei jetzt soweit.

Er wollte gerade aus dem Büro als wieder ein Anruf von Houssmann auf dem Diensthandy hereinkam: Die internationale Fahndung sei bereits erfolgreich gewesen, die australische Polizei habe soeben Jean-Rènè Mermond in einem Hotel beim Flughafen festgenommen, er befinde sich in Auslieferungshaft und werde nach Paris überstellt. Fournier grinste zufrieden und begab sich in den obersten Stock zu Monique Desponds.

Etwa eine Stunde später kam er mit einer grossen Schachtel unter dem Arm zurück in sein Büro. Hier lag der Bericht der Gerichtsmedizin, den er sich mit einer Gauloise direkt vornahm: Bei den menschlichen Ueberresten handle es ich tatsächlich um ein männliches Skelett, das aber bereits seit ca. 1940 gestorben sein musste. Der Mann sei etwa 1.75 gross gewesen und vermutlich nach seinem Tod wieder exhumiert und präpariert worden. Das sei damals nichts ausserordentliches gewesen, weil solche Skelette vor allem in Arztpraxen in ländlichen Gegenden üblich gewesen seien. Wie das Skelett allerdings in dieses Fahrzeug gekommen sei, sei leider nicht schlüssig zu erklären, vermutlich sei es reine Deko gewesen.

Fournier nickte zufrieden und zündete sich eine neue Gauloise an. Gleichzeitig probierte er erneut, Joy zu erreichen, erfolglos. Nach kurzem Ueberlegen wählte er die Hauptnummer vom «Le Parisien» und fragte nach einer Verbindung mit Joy Grimansau. Man bedaure, aber Mme. Grimansau befinde sich zur Zeit in Canberra und sei mit einer Reportage beschäftigt, man erwarte sie erst Ende Monat wieder in Paris.

Der Kommissar lehnte sich zurück und versuchte seine Gedanken zu ordnen, als Houssmann hereinstürmte und verkündete: «Jetzt haben wir ihn! Die Bankenauskünfte von Jean-Rènè Mermond sind eindeutig. Auf seinen diversen Konten herrscht ziemliche Ebbe. Zudem laufen mehrere Klagen wegen Unterschlagungen von etwa fünf Millionen Euro gegen ihn. Er muss seine Anleger bewusst getäuscht haben. Das Wasser stand ihm bis zum Hals und er musste dringend handeln. Zudem haben wir in seinen Unterlagen Entwürfe zum Verkauf der Villa an einem saudischen Prinzen gefunden.»

Der Kommissar zündete sich erneut eine Gauloise an und meinte zufrieden «Gute Arbeit, Houssmann!»

«Danke, jetzt können sie getrost und unbelastet nach Wien gehen Herr Dr. Chefkommissar!»

Dieser sagte nichts mehr, stand auf, nahm seinen Karton unter den Arm und verliess ohne ein weiteres Wort sein Büro.

Und da stand er nun in seinem Wohnzimmer in seinem von Monique Desponds massgeschneidertem Anzug und den passenden Schuhen, die sie für ihn ausgesucht hatte, vor einem festlich gedeckten Tisch und wusste nicht so richtig, ob er sich freuen sollte, oder sich doch lieber in sein Arbeitszimmer vergraben sollte.

Emilie staunte ihn mit offenem Mund an und sagte: «Ich freue mich auf alles, was uns noch bevorsteht!»

Forts. folgt

cw, Juni 2023

Fünfter Teil – Jetzt geht's los

Der vergangene Anlass im Ritz veranlasste Emilie, die Ehefrau von Chefkommissar Fournier, zu Höhenflügen. Sie konnte sich kaum mehr einrenken vor Begeisterung. Sie schwärmte ununterbrochen. Fournier sah das viel nüchterner. Einerseits drückte immer noch der Magen wegen der viel zu vielen Lachsbrötchen, andererseits hasste er grundsätzlich solche Weltsanlässe, fühlte sich nicht wohl; erst recht nicht, wenn er den Mittelpunkt spielen sollte. Und das war er tatsächlich: Die Ernennung und Uebergabe der Urkunde zum Dr. h.c. Chefkommissar. Höchst persönlich unterzeichnet durch den österreichischen Bundespräsidenten und feierlich überreicht durch den Geschäftsträger Oesterreichs in Paris, Mag. Wolfgang Wagner. Dann die Festreden! Sogar der französische Innenminister, Gérald Darmanin persönlich gab sich die Ehre. Er betonte in seiner Grussbotschaft die Verdienste von Chefkommissar Fournier im Kampf gegen das Verbrechen und wie wichtig für die Europäische Gemeinschaft solche Austausche von dermassen wichtigen Spezialisten sei. Nur so könne man länderübergreifend voneinander profitieren und lernen und man fühle sich geehrt, blablabla. Fournier musste sich konzentrieren, um nicht wegzudösen. Alleine Emilie rammte ihm immer wieder ihren Ellenbogen in den stattlichen Bauch. Dann tritt der Polizeichor der police nationale auf und sang ein Medley aus dem Zarewitsch. Die Lieblingspassage von Fournier: «Es steht ein Soldat am Wolgastrand» gleich zweimal hintereinander. Houssmann überreichte einen kleinen Rucksack. Darin war eine in Goldfolie verpackte CD mit dem Zarewitsch und zwei Stangen Gauloises.

Fournier war gerührt und überlegte gleichzeitig, wie und unter welchem Vorwand er flüchten könnte. Typisch Choleriker halt: Eigentlich eher schüchtern, in seiner eigenen Welt lebend und manchmal explodierend, vor allem wenn Andere den Takt angeben wollten. Dann stupste ihn Emilie einmal mehr und flüsterte «Du musst etwas sagen, alle warten!» «Zum Teufel» flüsterte Fournier zurück, stand aber trotzdem auf, zupfte an seinem Jaquet, räusperte sich: «Merci beaucoup à tous, ich fühle mich geehrt und freue mich mit meiner Gattin in Wien arbeiten zu dürfen!» damit liess er sich wieder auf seinen Stuhl fallen. Er hatte nur noch den Wunsch, in sein altes Büro zu flüchten und in Ruhe eine Gauloise zu rauchen.

Nun, das blieb in diesem Moment natürlich ein Traum.

Dann tauchte auch noch der oestereichische Geschäftsträger mit zwei Gläsern in der Hand auf, setzte sich neben Fournier, dessen heimliche Gedanken «Nein bitte, bitte nicht auch noch!» leider nichts halfen. Mag. Wolfgang Wagner war gut gelaunt und suchte das persönliche Gespräch mit Fournier: «Leider ist es uns nicht gelungen ihren legendären Dienstdöschwo nach Wien zu überführen. Die Gesetze sind leider viel zu verschieden!» «Ja, schon klar, aber sie bauen doch auch eigene Autos in Oesterreich?» «Ach so, sie meinen Steyr-Puch? Davon würde ich ihnen aber dringend abraten, ausser sie wollen ihr Büro in die Tiroler Berge zügeln, dann sind diese Fahrzeuge ideal. Aber in der Wiener Innenstadt sind die ungeeignet. Die Dinger sind zwar unheimlich robust, aber mit den hintern Starrachsen kaum gefedert, dagegen ist die legendäre goldene Krönungskutsche in London das reinste Sofa! Aber wir bauen, vor allem deutsche Autos wie Opel oder VW auch in Lizenz! Ich bin überzeugt, sie finden in der Halle der Polizeifahrzeuge etwas Passendes. Wenn ich mich nicht irre, sind zurzeit über dreihundert Fahrzeuge dort garagiert! Und sie haben freie Wahl!»

Mitte Nachmittag wurden die Fourniers standesgemäss mit einer Limousine des Ritz nach Hause gefahren.

«Endlich vorbei!» knurrte der Dr.h.c. Chefkommissar und zündete sich noch vor dem Hauseingang endlich eine Gauloise an.

Emilie indessen brach in die bereits erwähnten Höhenflüge aus. Jetzt fing sie auch noch an zu singen.

Das war nun endgültig zuviel für Fournier, er zog sich mit all den Couverts, die ihm im Ritz überreicht wurden, türeknallend in sein Arbeitszimmer zurück.

Kurze Zeit später klopfte es an die Türe: «Liebling soll ich dir einen Kaffee bringen?» «Merde alors, ich bin kein Liebling und überhaupt bin ich gar nicht da!» brüllte Fournier durch die geschlossene Türe und zündete sich gleich eine neue Gauloise an! Er war wieder ganz sich selber!

Dann blätterte er weiter in den überreichten Unterlagen.

Was er da sah und las, verblüffte ihn zusehends. Zum Teil konnte er das kaum glauben. Da las er, dass ihre Unterkunft in der ehemaligen Stadtresidenz von Kaiser Franz Joseph am Rudolfsplatz 11 in der inneren Stadt, also mitten in der Stadt, in der unmittelbaren Nähe vom Stephansdom, liegen soll. Die ca. 300m2 grosse Suite verfüge selbstverständlich über zwei Lifte, sowie eine grosse gedeckte Terrasse gegen den Hinterhof, wo Rauchen erlaubt sei. Ansonsten gelte im und um das Hotel ein absolutes Rauchverbot. «Na ja, immerhin», dachte Fournier. Das K+K Palais Hotel könnte ihm gefallen. Dann las er weiter und staunte noch mehr: anscheinend werde er jeden Morgen mit einem Fahrer um neun Uhr abgeholt, allerdings aus Sicherheitsgründen mit stets wechselnden Fahrzeugen.

Draussen rumpelte Emilie herum, es schepperte zwischendurch. Seit ihr mitgeteilt wurde, dass ihr Umzug durch einen Kurier abgeholt werde und als Diplomatengepäck direkt in ihre Suite gebracht werde, war sie nicht mehr zu bremsen: Kisten, Koffer, Kartons und jede Menge Plastiksäcke mit Schuhen stapelten sich überall im Haus.

Fournier stellte die Musik lauter, zündete sich eine Gauloise an und lehnte sich an seinem Pult zurück.

Vor seiner Türe schepperte und rumorte es indessen weiter; Emilie schien den gesamten Hausrat zu verpacken. Fournier schüttelte den Kopf und dachte «jetzt scheint sie wohl übergeschnappt zu sein,

für voraussichtlich sechs Monate brauchen wir das ganze Zeugs sicher nicht! Vermutlich packt sie auch noch die silbernen Kaffeelöffel der Grosstante Mathilde ein.»

Er öffnete den nächsten Umschlag und staunte erneut: Sein Büro sei im Landeskriminalamt an der Rossauerstrasse Lände reserviert. Im Moment sei man gerade dabei eine Entlüftungsanlage einzubauen! Dann folgte noch ein Text: «Die Landeskriminalämter (LKA) sind in Oesterreich Einrichtungengen der Bundespolizei. Die LKA's sind Organisationseinheiten der Landespolizeidirektionen und grundsätzlich für die Bearbeitung der Schwerkriminalität bzw. überregionalen Kriminalität zuständig; aber auch bei der Koordinierung aller im Kriminaldienst tätigen Dienststellen eines Bundeslandes. Sie sind für kriminalpolizeiliche Tätigkeiten und Analysen, Koordination und Information zuständig und bestehen aus Ermittlungs- und Assistenzbereichen.»

(Zitat Wikipedia)

Fournier war sehr beeindruckt, lehnte sich in seinem Sessel zurück und zündete sich eine Gauloise an.

Allerdings machte ihn das Gerumpel und das Gescheppere vor seiner Türe nervös. Er bestellte sich einen Fahrer, schlich unbemerkt davon und verzog sich in sein altes Büro. Dann versuchte er Joy anzurufen. Zu seiner Ueberraschung hob sie tatsächlich ab und zeigte Freude an seinem Anruf. Sie verabredeten sich an ihrem bekannten Ort. Allerdings musste Fournier sie vertrösten, es gehe leider nicht sofort, da er seine Dienstente bereits abgegeben hatte «Okay, in einer Stunde!» In der Leitstelle bestellte er sich einen neutralen Wagen, was nach kurzer Zeit klappte und er losfahren konnte. Unterwegs besorgte er sich noch eine paar Sonnenblumen. Joy wartete bereits und küsste ihn zärtlich. Sie hatten sich viel zu erzählen, rauchten zusammen eine Gauloise. Fournier war total entspannt. Der Altersunterschied von zwanzig Jahren war ihm in diesem Moment völlig egal. Sie verstanden sich einfach prächtig. Natürlich wollte Joy wissen, wie der Empfang im Ritz war und ob sie darüber einen Bericht schreiben dürfe.

Nach kurzem überlegen stimmte Fournier zu und versprach seine Hilfe. «Houssmann hat die ganze Zeit fotographiert, ich beauftrage ihn gleich, dir den entsprechenden Chip zu senden! Allerdings bin ich nur noch diese Woche hier, dann geht der Flug nach Wien.» Danach rief er sofort auf seinem Diensthandy Houssmann an, dieser versprach, den fraglichen Chip noch heute an Mme. Joy Grimansau, Redaktion Le Parisien,zu senden. Joy nahm Fourniers Hand und drückte sie, gleichzeitig küsste sie ihn zärtlich auf die Wange. «Darf ich dich in Wien besuchen?» «Selbstverständlich, ich hoffe, dass ich bis dann Wien so gut kenne, dass ich dir etwas zeigen kann!» «Keine Bange» lächelte Joy: «ich kenne Wien recht gut von einer Reportage, vielleicht kann ich dir etwas zeigen! Aber jetzt muss ich leider gehen, wir haben Redaktionssitzung!» Damit stand sie auf, küsste Fournier nochmals auf die Wange. Fournier schaute ihr noch eine zeitlang nach und zündete sich nochmals eine Gauloise an. Dann erhob er sich ebenfalls und fuhr in sein Büro zurück, wo ihn Houssmann erwartete: «Auftrag ausgeführt!» Das leichte Grinsen in seinem Gesicht, nahm Fournier gar nicht wahr. In Gedanken war er ganz woanders.

Im Präsidium ging es zu wie in einem Wespennest, in jeder Ecke klingelte ein Telefon und rannten Uniformierte herum. Vom Diensthabenden erfuhr er von einem Tötungsdelikt und mehreren schweren Unfällen. Dienstwagen rasten umher. Auf dem Dienstplan stellte Fournier fest, dass sein Name gar nicht mehr aufgeführt war. Er konnte also getrost nach Hause fahren, was er auch tat. Allerdings erwartete ihn hier die nächste Ueberraschung: Es war erstaunlich still hier: Kein Gescheppere, kein Rumoren, keine Koffer, einfach nichts, nur Stille! Dann kam Emilie herein.

Sie raunzte ihn sogleich an «Wo warst du den ganzen Tag, ich hätte dich hier gebraucht!» «Ach so, wozu denn das?» «Die Kuriere waren da und haben das ganze Gepäck abgeholt! Zudem habe ich dich gestern gebeten, deine Schuhe vor die Türe zu stellen, damit ich sie einpacken kann!»

«Aha, und ich sollte wohl in Socken ins Büro?»

Danach verzog er sich in sein Büro und haute die Türe dermassen zu, dass Emilie beinahe einen Herzschlag erlitt!

Dann kam ein Anruf von der Austrian Air, der Sonderflug müsse aus technischen Gründen vorverschoben werden auf morgen Mittag, Abflug Charles de Gaulle um 14.00 Uhr in Paris, Ankunft in Wien-Schwechat ca.

16.00 Uhr! «Da es sich um einen Sonderflug handelt, brauchen sie keine Papiere und keinen Zolldurchgang, es reicht, wenn sie zehn Minuten vor Abflug auf dem Gate sind.»

Fournier lehnte sich zurück und zündete sich eine Gauloise an.

«Welcher Teufel hat mich bloss geritten, dass ich einem Wechsel nach Wien zugestimmt habe!» maulte Fournier vor sich hin. Dann stand er auf um Emilie die neue Nachricht mitzuteilen. Die freute sich wie ein kleines Kind, aber für Luftsprünge war sie leider die letzten Jahre etwas zu schwer geworden, was Fournier innerlich dankend feststellte.

Andern Tages waren sie tatsächlich zeitig und pünktlich auf dem Gate, wo auch bereits ihr Flieger gecheckt und aufgetankt wurde. Sie konnten sofort an Bord. Hier wurden sie von einem Captain sehr herzlich begrüsst und auf ihre Plätze begleitet. Die Sitze in der Business Class waren unglaublich üppig, d. h. extrem viel Platz. Kaum an Bord, nickte Fournier sofort ein, Er wusste, dass Emilie wahnsinnige Flugangst hatte und hoffte, sie würde ihn damit verschonen.

Kurz nach dem Start meldete sich der Captain, stellte sich vor und wünschte den verehrten Gästen guten Flug, «sie fliegen mit der Austrian Air und mit einer Embraer 195, die Höhe beträgt 11,700 Meter, die Flugzeit 80 Minuten. Das Wetter ist gut und das verspricht einen ruhigen Flug!» Fournier nickte sogleich wieder ein. Eine halbe Stunde später kam die nächste Durchsage: wiederum der Captain: aus technischen Gründen müssten sie leider in Kloten zwischenlanden, und bevor Emilie wieder begann mit den Händen herum zu fuchteln, schlief er bereits wieder ein. «Meine Güte, ich sterbe vor Angst und du hörst mir gar nicht zu, hast du überhaupt gehört, das Flugzeug ist kaputt, wir müssen landen!» «Ja, hoffentlich hält die Kiste noch zusammen bis Zürich! murmelte Fournier im Schlaf, allerdings nicht lange: Einge Minuten später rief Emilie: «Schau mal, schau mal: das Matterhorn!» «Ja, oder die Blüemlisalp!» grunzte Fournier im Halbschlaf.

Die Landung in Kloten verschlief er, genau wie das Gezeter von Emilie, die grade aufgeregt flüsterte, dass man soeben durch den hintern Eingang einen Mann in Handschellen und zwei Beamte hereingebracht hätte, da sei bestimmt ein Schwerverbrecher, der vielleicht das Flugzeug sprengen könnte! «Ja, ja und dich damit! Sonst nimmst du halt die Schwimmweste unter dem Sitz und springst ab!» maulte Fournier im Tiefschlaf.

Die sichere Landung in Wien-Schwechat verpasste er natürlich. Emilie musste ihn schliesslich wach rütteln. Sie wurden in eine wartende Limousine begleitet und in ihr Hotel gefahren. Emilie war unglaublich aufgeregt, aber diesmal nicht vor Flugangst, sondern vor Begeisterung. Fournier konnte es sich nicht verkneifen: «Hat der Pilot nochmals eine Durchsage gemacht?» «Nein warum denn?» «Aha, dann hat er also nichts gesagt von hysterischen Weibern an Bord?» Emilie zog es vor, zu schweigen.

Fournier erkundete die Terrasse und stellte befriedigt fest: Alles da, Aschenbecher, Korbstühle! Er wollte sich eine längst verdiente Gauloise anzünden, suchte aber vergeblich nach einem Feuerzeug!

«Suchst du vielleicht so etwas?» Emilie stand unter der Schiebetüre und hielt ein Feuerzeug in der Hand. «Wo kommt das her?» «aus meiner Handtasche!»

Forts. folgt

cw, Sept. 2023

Sechster Teil – Chefkommissar Fournier in Wien

Am anderen Morgen wurde der Dr. h.c. Chefkommissar tatsächlich um Punkt neun Uhr in einem grossen weissen Benz mit Diplomatenschild abgeholt und in sein neues Büro im Landeskriminalamt in der Rossauer Lände gefahren. Ein imposanter Gebäudekomplex, vermutlich ebenfalls aus dem 19. Jahrhundert. Fournier staunte über den Verkehr in der Wiener Innenstadt! «Beinahe wie in Paris» grummelte er vor sich hin. Nur bedeutend weniger hektisch, stellte er innerlich fest!

Der Empfang war äusserst herzlich: Sein neuer persönlicher Assistent, Kommissar, Gustel Hagenauer , ein gemütlicher, runder Beamter , schätzungsweise um die fünfzig, stellte sich vor.

Ebenso der Landespolizeipräsident aus dem Schottenring, Dr. Gerhard Pünstl, gab sich die Ehre.

Die Leute waren allesamt sympathisch und sehr nett, stellte Fournier befriedigt fest. Es wurde ein kleiner Umtrunk offeriert, dazu eine paar wunderschön dekorierte Schnittchen, natürlich echt wienerisch, vor allem mit gebratenem Hendl.

Gustel, wie er sich vorstellte, soll ihn auf Geheiss von Dr. Pünstel durch das schier unendliche Gebäude führen, und auch in die Zentralgarage, um sich einen entsprechenden Dienstwagen auszusuchen. Anfänglich hatte Fournier noch Mühe, den wienerischen Dialekt zu verstehen. Nach ein paar Stunden in dem verwinkelten Gebäudekomplex ging es bereits besser, er verstand beinahe alles.

Die Zentralgarage war unterirdisch angelegt. Und er staunte: da standen tatsächlich über dreihundert Fahrzeuge aus vermutlich aus allen Epochen. Leider konnte Fournier keinen Döschwo erkennen, hingegen mehrere Citroen DS in allen Varianten und Lackierungen. «Allerdings viel zu auffällig in der Wiener Innenstadt!» bemerkte Gustel , der die leuchtenden Augen von Fournier sofort bemerkt hatte.

Fournier schaute sich weiter um und entdeckte einen silbergrauen Opel Commodore von 1981 mit einem acht Zylinder Motor, war zwar eine wenig ramponiert, aber das Interieur in echt Leder, etwas abgewetzt und ordentlich durchgesessen. «Hoppla» grinste er zu Gustel «den hat aber ein ordentliches Schwergewicht so hinterlassen!» «In der Tat, aber einer der erfolgreichsten Kommissare aller Zeiten in Wien, ja aber sie haben Recht, er war einsachzig gross und hundertdreissig Kilo!»

grinste Gustel. «Aber der Opel ist mit allen technischen Raffinessen ausgerüstet, zudem hat er ein verstärktes Chassis. Unter der Motorhaube ist ein acht Zylinder Motor von einem Buick Eight, erstmals serienmässig in einem Packard 1923 und mit geringfügigen Aenderungen bis 1956 in verschiedenen Modellen von GM verbaut, absolut unkaputtbar. Wir mussten allerdings einen zweiten Tank im Kofferraum einbauen. Leider darf ich ihnen den Wagen nicht übergeben, aber wir reservieren ihn für Sondereinsätze. Aber auf Verfügung von Pünstl muss vorerst jeder Fahrer mit diesem Unding einen Schleuderkurs absolvieren. Zudem würde ich das Auto nicht in der Innenstadt fahren, obwohl es neutral gehalten ist wäre es zu auffällig!» «Was würden sie mir denn empfehlen?» fragte Fournier. «Wenn sie mich so fragen: Einen stinknormalen Opel Kadett oder einen unauffälligen VW Golf zwei, davon gibt es Tausende in Wien: Selbstverständlich mit allen Finessen unserer Zentralgarage! Kommen sie mal mit Herr Dr. Kriminalchefkommissar Fournier, ich möchte ihnen etwas zeigen!» «Jetzt hören sie endlich auf mit dem Dr. auf! Ich heisse schlichtweg Fournier, und das reicht!» knurrte Fournier zurück. «Aber sie haben mich überzeugt, ich nehme den roten Golf!» «Guter Entscheid, morgen Mittag kann ich ihnen das Auto mit ein paar Hinweisen übergeben, schauen sie mal!» dann öffnete er das Handschuhfach, den Deckel vollgespickt mit Knöpfen und Symbolen! «Was ist denn das?» «Wie bereits gesagt: die Wiener Zentralgarage, ist einmalig!» grinste Gustel, Aber kommen sie Herr Dr. ähh, Herr Fournier, jetzt zeige ich ihnen unsere spezielle Abteilung!» Durch verwinkelte Gänge und Türen, die sich nur mit Code öffnen liessen, führte er Fournier in eine riesige Halle: «et voilà, unsere geheime Entwicklungsabteilung für allgemeine Fahrzeugumbauten und elektronischen Tüfteleien!» Fournier staunte: auf mehreren Liften standen Fahrzeuggerippe, Umbauten mit unfertigen Karosserien, auf grossen Werkbänken türmten sich jede Menge elektronischer Bauteile: «Unglaublich, das habe ich noch nie gesehen!» Gustel sagte nichts aber zeigte ein breites Lächeln! «Kommen sie, ich zeige ihnen unter absoluter Verschwiegenheit unsere neuste Geheimwaffe gegen die verdammte Bandenkriminalität! Wir müssen einfach immer besser und schneller werden!» Und dann gings wiederum durch mehrere Türen mit Codesicherung.

Was Fournier da zu sehen bekam, war schlichtweg überwältigend: Eine Halle, beinahe wie eine Schlosserei, überall standen riesige Metallpressen, aber auch so etwas wie grosse Druckmaschinen. Es roch nach Metall. Komisch fand er die etwa zwanzig in Glaskämmerchen verborgenen Arbeitstische, überall lagen und stapelten sich Blech- und offensichtlich Kunststoffplatten. «mon Dieux, was ist denn das?» «Kommen sie mit!» Fournier wurde an ein Pult in einem Glaskämmerchen geführt: Hier stapelten sich in jedem Regal sowas ähnliches wie Nummernschilder! «Hier, nehmen sie das mal in die Hand!» «Was glauben sie, was das sein könnte?» «Keine Ahnung, ich bin noch neu in diesem Land, aber es könnte eine Werbetafel sein, oder vielleicht ein künftiges Nummernschild? Türbeschriftungen? Ich habe, ehrlich gesagt, keine Idee!» Gustel hüstelte ein bisschen verlegen und hatte dazu ein schelmisches Grinsen im Gesicht. «Kommen sie, ich lade sie zu einem Apéro ins Campari ein! Sie haben morgen einen anstrengenden Tag, da können wir heute mit gutem Gewissen ein bisschen früher Feierabend machen! Ich fahre sie, wir nehmen ihren Golf, dann lernen sie nicht nur das Auto, sondern auch die Wiener Innenstadt kennen! Ich erzähle ihnen unterwegs, was sie hier gesehen haben!» Dazu lächelte er, fast ein wenig verschmitzt! Allerdings war es heute in Wien ziemlich grau und es regnete.

Fournier staunte wieder mal über den Verkehr: anscheinend nicht weniger als in Paris, aber kein Gehupe, kein Drängeln, nichts von Weg oder Vortritt abschneiden, alles viel ruhiger und vor allem anständiger, keiner, der aus dem Fenster brüllt und flucht! Bemerkenswert!

Gustel fuhr sicher und zielstrebig, unterwegs erklärte er ein paar Knöpfe und Tasten auf der Handschuhklappe. «Und den Beifahrer aus dem Dach sprengen kann ich auch wie James Bond?» grinste Fournier. Gustel musste lachen «Ach so, warum? Möchten sie Wien lieber von oben sehen?»

Gustel fuhr den Golf souverän und erklärte dazu die Wiener Innenstadt, wies auch auf Schleichwege und Abkürzungen hin. Nach etwa zwanzig Minuten: «Sehen sie, jetzt biegen wir in die Seitzergasse ein, und gleich da vorne ist die sechs mit unserem Ziel. Das müssen sie sich merken, ich denke, es wird ihnen gefallen und könnte immer wieder unser Treffpunkt sein. Parkplätze gibt's genügend, der Garten ist wunderschön und wetterfest überdacht: genau richtig für verschwiegene Gespräche!» Und Gustel hatte Recht: ein beinahe südlich anmutender Kiesgarten mit vielen Pflanzkübeln mit Palmen.

Fournier gefiel das sehr und er musste lächeln, weil Gustel einen anscheinend bestimmten Tisch am Ende des Gartens, etwas versteckt und neben einer fast vier Meter hohen Mauer vom Nachbargrundstück abgetrennt, anstrebte: bequeme Stühle, ein «Reserviert» Schild, Aschenbecher: Alles da! Fournier war auf Anhieb begeistert!

Eine typische hübsche junge Wienerin im obligaten, modern geschnittenem Dirndl, kam an den Tisch.

«Wir versuchen es mal, was meinen sie dazu?» Der Chefkommissar, der bisher nur Pernod oder Pastise kannte, wobei er den Unterschied nie begriffen hatte , vermutlich war in Paris beides dasselbe, schaute ein bisschen fragend zu Gustel. «Also wie immer, zweimal und den Rest auch wie immer, bitte, liebe Lisa!» Fournier sagte nichts weiter und nahm sich eine Gauloise aus der Brusttasche: «Darf ich?» «Logo, ich warte schon lange darauf!» schmunzelte Gustel.

Unterdessen kam die fesche Lisa wieder an den Tisch mit zwei Gläsern, zwei kleinen Fläschchen mit irgendetwas Rotem darin, dazu eine Karaffe mit vermutlich Wasser und mit einem Teller mit kleinen Teighäppchen darauf.

«So auf unsere Zusammenarbeit verehrter Herr Dr. äh Fournier!» Dabei leerte er die Fläschchen in die Gläser. «Was ist das?» «Ein Campari, ein typisches Apérogetränk, nicht nur in Wien. Ich würde anraten, ihn mit etwas Wasser zu verdünnen!» Nach dem Anstossen und dem ersten Schluck fuhr sich der Kommissar über die Lippen. «Mei, do legst di nieder!» lächelte er, «i füehl mi sauwohl!»

«Aha, a echter Wianer!» Die Beiden schienen sich wirklich zu mögen.

«Schaun sie mal dort rüber das grosse Schaufenster!» «Hairstylist Fernando?» «Sehen sie auch das grosse Schild an der Türe: Bin gleich zurück?» «Ich sehe vor allem die beiden älteren korpulenten Damen, die eine mit einem kleinen roten Schirm, die andere versuchts noch, irgendwie scheint das Gestänge verhackt. Die Beiden scheinen zu ratschen, mit Handtaschen im Ellbogen und ordentlich zu gestikulieren» «Gut beobachtet! Sehen sie auch den schwarzhaarigen Mann dort hinten am kleinen Tisch? Das ist Fernando, ein echtes Wianer Kindl! Gibt sich als spanischer Don Juan aus und hat vor allem ältere Damen, die sich bei ihm die Haare stylen lassen. Mehrmals am Tag hängt er das Schild auf und setzt sich hier in den Garten um einen Ouzo, ein griechisches Gemisch aus Anis und Fenchel, zu trinken. Ich finde es scheusslich! Egal, jetzt hat er zu tun, haben sie die Dame mit dem Gestänge beobachtet? Die Dauerwelle bestand nur noch aus schlampigen Fäden, die ihr ins Gesicht hingen!»

Die beiden Herren mussten lachen!

Dann erschien Lisa mit ihrem Tablett, stellte wiederum zwei rote Fläschchen und diesmal einen Krug mit Orangensaft, sowie eine Schale mit den Plätzchen hin. Fournier nahm sich erneut ein Plätzchen:

«Mann, die san guat!» «Ja, das sind selbstgemachte Blätterteiglinge mit Tiroler Bergkäse und verschiedenen Alpkräutern überbacken. Ich mag die

Dinger auch!» grinste Gustel. Fournier nestelte eine weitere Gauloise heraus und wollte sie sich gerade anzünden: «Sagen sie mal, darf ich auch eine haben?» «Sicher!» Nun sassen die beiden da und rauchten. Allerdings bekam Gustel nach den zweiten Zug einen dermassen heftigen Hustenanfall, dass der Chefkommissar ihm heftig auf den Rücken klopfen musste, so dass Gustel beinahe auf den Tisch fiel. «Mann, haben sie eine Handschrift!

Ist ja noch stärker als dieses Kraut, das sie da rauchen!» Er hustete noch einen Moment, dann nahm er einen gehörigen Schluck Campari Orange. «Wieviel Alkohol hat eigentlich dieses Zeug?» «Meines Wissens ca. 25%, aber etwa 30% Zucker!» «Na ja!» grummelte Fournier, «aber sagen sie mal, was habe ich da vorhin gesehen?» «Ah, sie meinen die beiden korpulenten Damen?» «Guignol!» «Hä? «Klaschperl!» «Ach so!»

«So jetzt im Ernst, was sie da gesehen haben, sind tatsächlich Nummernschilder, aber ganz Besondere!» Nun beinahe flüsternd, meinte Gustel, wobei man ihm seinen Stolz ansah: «Sie sind leicht schwerer als die Ueblichen, aber unsere handverlesenen Techniker haben es geschafft, darin Sender und Empfänger zu platzieren, so, dass sie kaum sicht- oder fühlbar sind. Unsere Feldversuche haben gezeigt, dass wir damit bis zu 60 Fahrzeuge ohne weitere Umbauten gleichzeitig per Knopfdruck auf einem einzigen PC steuern können. Das Ganze wird von einem kleinen Satelliten gelenkt. Dazu genügt ein einziger Code, den allerdings zur Zeit nur Dr. Pünstl im Safe hat. Die Sende- und Empfangsfrequenz ist vermutlich kaum von Hackern zu knacken. Zur Zeit laufen noch streng geheime Tauglichkeitsprüfungen mit der inhäusigen zuständigen Motorfahrzeugkontrolle, die alle unsere Umbauten bewilligen müssen. Aber vermutlich bereits nächste Woche sollten wir soweit sein.»

Fournier hatte schier atemlos und tief beeindruckt zugehört. Jetzt musste er allerdings zuerst einen gehörigen Schluck Campari Orange und danach eine Gauloise haben. «Unglaublich, das eröffnet völlig neue Möglichkeiten bei der Verbrechensbekämpfung!» er merkte erst jetzt, dass er selber flüsterte.

Lisa kam mit einer weiteren Ladung an den Tisch, dazu zwei kleine Fläschchen Schweppes.

«Zur Feier des Tages» meinte Gustel und hob sein Glas. «Des schmeckt a guat!» meinte der künftige Beinahewianer grinsend.

«Sie haben vorher erwähnt, ich hätte morgen einen strengen Tag, weshalb denn?» «Ja das stimmt, morgen wird ihnen ihr neues Büro in der Rossauer Lände mit allen notwendigen Schlüsseln und Codes überreicht, und zwar direkt von der Vorsteherin unseres Sekretariats, Frau Marianne

Brandauer, eine junge Juristin und eine Seele von Mensch! Mittags überreiche ich ihnen ihren Dienstwagen mit den nötigen Erklärungen, danach Mittagessen im Sacher und um drei Uhr schliesslich findet eine dringliche Kadersitzung zum Thema Bandenkriminalität bei Dr. Pünstl statt, könnte heftig werden und länger gehen. Falls sie danach noch mögen, gehen wir zusammen ins Campari!» «Au weia!» Gustel musste lachen: «Ich denke, aus diesem Grunde brechen wir auf, oder doch noch ein letztes Glas?» «Sicher, und eine Gauloise?» «Haben sie, bei allem, was sie machen, dermassen Ausdauer?»

«Eigentlich schon, ja!» Als hätte, man sie gerufen, stand Lisa mit dem nächsten Tablett am Tisch. Inzwischen regnete es wie aus Kübeln, aber der Garten war nun wunderschön und diskret beleuchtet.

«Wian by Night!» schmunzelte der Kommissar beim Anzünden seiner Gauloise.

Etwas später fuhr Gustel den Kommissar in seine Suite. Der staunte bereits im Lift nach oben: irgendein fremder Geruch war wahrnehmbar. Dieser verstärkte sich noch beim Aufschliessen der Türe. Es kam ihm beinahe eine herbe Wolke entgegen, im Flur standen jede Menge Papier- und

Plastiktaschen «Hoppla, da war wohl Jemand beim Einkaufen!» Ansonsten war es dunkel in der Suite. Der Kommissar schlich auf Socken möglichst leise, soweit das nach all den Camparis möglich war, in das abgetrennte Zimmer der Suite, das er als sein privates Büro beschlagnahmt hatte, weil es direkt Zugang auf die Terrasse hatte. Er setzte sich hin und grübelte eine letzte Gauloise aus der Brusttasche. Es war schier unheimlich ruhig, nur der Regen war auf dem Dach hörbar. Irgendwo in den verwinkelten und dicht bepflanzten Hinterhöfen raunzte ein brünstiger Kater, in der Ferne kläffte ein Hund, der Regen prasselte ununterbrochen auf das Dach. Fournier drückte den Rest der Gauloise aus und nickte sofort ein.

Allerdings nicht sehr lange, weil er einerseits ziemlich heftige Träume hatte und andererseits vor Kälte zitterte. Zudem war der Korbstuhl nicht wirklich bequem um darin zu schlafen. Er zog sich zurück in sein Arbeitszimmer, das ein üppiges Polstermöbel anbot, und wo bereits seine Lieblingsdecke aus Paris für ihn bereit lag. Er dachte noch kurz: Danke Emilie! Und war fast im gleichen Augenblick samt Kleidern eingeschlafen.

Leider nach seinem Empfinden nicht sehr lange. Er juckte erschrocken auf. Allerdings stellte er auch sogleich fest, dass er einen ziemlichen Brummkopf hatte. «Ich hätte vielleicht den ersten Campari mehr verdünnen müssen!» grummelte er vor sich hin. Draussen im Wohnzimmer raschelte und knitterte Papier. Da stand Emilie und nestelte an irgendwelchen

Papiertaschen herum. Fournier, noch ordentlich benommen und mit dem Gleichgewicht kämpfend. «Was zum Teufel ist jetzt schon wieder, willst du schon wieder umziehen?» «Wieso, ich packe nur meine Einkäufe aus. Schau mal diesen wunderschönen Frühlingsmantel. Kaffeebraun! Findest du, dass er mir steht.? «Ja sicher vor allem jetzt, wo eigentlich der Sommer bald vorbei ist! Aber Kaffee ist ein gutes Stichwort!» Damit liess er sich auf das Sofa plumpsen, was dieses allerdings mit entrüstetem Aechzen quittierte!

Emilie stellte ihm einen doppelten Espresso und ein Glas Wasser mit einem Röhrchen Alka-seltzer hin.

Um sicher zu gehen, füllte sie auch zugleich zwei Tabletten ins Wasser. «So los jetzt ins Bad, ich leg dir ein frisches Hemd hin, du wirst gleich abgeholt! Das theatralische «Poah! Pfui Teufel!» von ihrem Mann kannte sie bereits und es beeindruckte sie auch nicht mehr sonderlich. Als er wieder einigermassen renoviert aus dem Bad kam, säuselte ihn Emilie an: «weisst du, auch wenn du auf Socken in die Wohnung schleichst, trampelst du immer noch wie ein halblahmes Huftier, aber ich wünsche die einen tollen und erfolgreichen Tag. Bis irgendwann diese Nacht!» dabei drückte sie ihm einen Kuss auf die Wange.

Draussen stand bereits ein alter Opel Admiral, ein Luxuswagen aus den siebziger Jahren, der Chauffeur stand bereits und hielt die Türe auf. «Was, da ist jetzt nicht ihr Ernst?» Der Gustel grinste und sagte nur knapp: «Guten Morgen Herr Chefkommissar, gut geschlafen?» «Ich soll sie auf Anweisung von Pünstl durch den heutigen Tag begleiten!» «I glabs net!, Glücklicherweise habe ich das da mitgenommen!» dann zeigte er das Röhrchen mit den Alka-seltzern! «Ui , das reicht für heute für uns beide!» lachte Gustel.

Dann gings in gemächlichem Tempo durch den inneren Ring in die Rossauer Lände. Unterwegs zeigte ihm Gustel mehrere Abkürzungen und Schleichwege. Dazu brummte der alte Achtzylinder angenehm ruhig ohne Ruckeln und einem Automatikgetriebe das butterweich schaltete. Die alten Ledersitze waren nicht nur gross, sondern auch äusserst bequem. «Der Admiral ist wohl das grösste und teuerste Auto, das von Opel in Rüsselsheim je gebaut, wurde leider nie ein wirklicher Erfolg, weil der Wagen einfach viel zu teuer war!» erklärte Gustel.

Beim Empfang in der Rossauer Lände schien das gesamte Personal des Landeskriminalamtes anwesend zu sein.

Fournier, der solche Anlässe eigentlich aus tiefster Seele hasste, war bei diesem Anblick nun doch ein bisschen gerührt, er fühlte sich bei diesem Empfang beinahe wie eine gefeierte Diva. Er hüstelte etwas verlegen als ihm Dr. Pünstl als erster die Hand zur Begrüssung entgegen streckte, ihn offiziell begrüsste und ihm viel Erfolg und persönliche Befriedigung wünschte. Der Mann mit seinem Bockbärtchen und er John Lennon-Brille war ihm sympathisch, mit den etwas schütteren Haaren erinnerte ihn an seinen Grossvater mütterlicherseits. Dann wurde ihm ein Mikrofon in die Hand gedrückt, offenbar erwartete man eine Paar Worte von Fournier. Er begrüsste seinerseits die Anwesenden ist seiner Muttersprache, wechselte dann aber ins Deutsche und schloss mit den Worten: «bis jetzt füehl i mi sauwohl in Wian! Und i frei mi af e guate Zusammenarbeit!» Klar, darauf folgte ein tosender Applaus, der beinahe kaum enden wollte. Darauf wurde ein kleiner Apéro mit einem kleinen Glas Heurigen serviert. Gustel drängte sich durch und flüsterte dem Kommissar ins Ohr, es sei Zeit und Marianne Brandauer warte in seinem neuen Büro.

Mit einem unglaublich schnellen Lift ging es nach oben in den vierten Stock. Das Büro, angeschrieben mit «Dr. Gustav Fournier, Chefkommissar» war gleich vis à vis vom Lift, und es war gelinde gesagt, riesig. Beinahe fast eine Halle mit riesigen Fenstern und einer wundervollen Stuckdecke. Beinahe schier der ganze innere Ring mit dem Stephansdom war zu sehen. In einer von der Türe abgewandten Ecke stand ein mächtiger Schreibtisch, gegenüber einer Ruheecke mit Kühlschrank und Sofa und eigener Toilette samt Dusche. Mittendrin stand die oberste Chefin des Sekretariats, Frau Dr. Marianne Brandauer:

Hellbraune kurze Haare, hübsch, eher zierliche Figur, gewinnendes Lächeln.

Nach einer kurzen aber herzlichen gegenseitigen Vorstellungsrunde, erinnerte sie den Kommissar an ihre Aufgabe: «Entschuldigen Sie bitte, aber sie müssten noch jede Menge Papiere unterzeichnen!»

Als erstes überreichte sie ihm sein neues Diensthandy mit dem Hinweis, dass in dieser Minute sämtliche befugten Personen per Mail seine Dienstnummer zugeschickt bekämen. Gleichzeitig überreichte sie ihm den Code für den PC mit allen notwendigen Nummern und Adressen, ebenso die Liste mit allen für ihn wichtigen Personen und Dienststellen. Danach folgten Schlüssel und Zugangsdaten, sowie den entsprechenden Codes und Karten. Dann überreichte sie ihm mit einem Lächeln ihre persönliche Visitenkarte mit dem Hinweis, sie jederzeit anzurufen. «Und übrigens, in meiner Anwesenheit dürfen sie jederzeit rauchen, ich rauche abends auch. Im ganzen Haus gilt absolutes Rauchverbot, aber für dieses Büro hat Dr. Pünstl Rauchen ausdrücklich bewilligt! Deswegen auch die Abzugsanlage»! Und weg war sie.

Fournier war gerade dabei den Bürosessel für sich einzustellen, Höhe, Arm- und Neigung der Rückenlehne. «Ziemlich kompliziertes Ding!» brummelte er vor sich hin. Er wollte sich gerade eine Gauloise anzünden, als es heftig an die Türe klopfte. «Ja, bitte!» rief Fournier. Es war Gustel, der ihn wieder mal an das Tagesprogramm erinnerte.

Mit dem Lift ging es abwärts in die Einstellhalle. Und da stand ein auf Hochglanz polierter Golf. Gustel überreichte ihm die Schlüssel mit den Worten «Bitte einsteigen!» Dabei hielt er ihm die Fahrertüre auf, setzte sich daneben und begann sofort mit Erklärungen wie, was und wo. Dann öffnete er die Handschuhklappe mit all den Knöpfen und Symbolen. Fournier hatte das Gefühl, dass ihm langsam die Ohren begannen zu flattern. «So, ich habe genug gehört und mir nichts merken können, es reicht für heute. Das ist ja schliesslich nicht mein erstes Auto!» Dann startete er den Motor und fuhr los. «Hatten sie auch schon mal einen Wagen mit einer Handbremse? Es wäre jetzt von Vorteil, wenn sie die lösen könnten!» lachte Gustel. Draussen regnete es wieder ganz ordentlich. «Und wo bitte ist hier der Scheibenwischer?» «Kleiner Hebel rechts vom Steuerrad eine Vierteldrehung drehen!» «Nein, das ist links und war die Warnblinkanlage!» Dann lotste er Fournier ins «Sacher», zeigte ihm den Parkplatz. «Dass Licht könnten sie löschen aber natürlich auch brennen lassen, es löscht nach einer Minute nämlich von selber!»

Im «Sacher» war ganz vorne hinter der grossen Scheibe ein Tisch für zwei Personen reserviert. «Glauben sie eigentlich, ich sei a bisserl deppert?» fragte Fournier mit unschuldiger Miene. «Wie kommen sie jetzt darauf?» «Glauben sie, ich habe nicht bemerkt, dass sie mich im Kreis herumgeführt haben?» «ja, ich musste sie doch mit dem Auto bekannt machen!» grinste Gustel. «Uebrigens empfehle ich ihnen ein echtes Wienerschnitzel, wenn sie mögen mit Pommes, oder nur mit einem leichten Gemüsebouquet!» Die Bedienung kam an den Tisch, fragte nach ihren Wünschen. «Servus Bernadette, «Das Uebliche, aber mit dem Gemüse. «Sind sie mit allen Bedienungen per du?» «Naja!» grinste Gustel vielsagend. Das Schnitzel war riesig, aber wirklich: «Sauguat!»

Gustel machte etwas Druck: wir müssen in die Sitzung!

Im übergrossen Sitzungszimmer, natürlich ebenfalls mit Stuckdecke, weissem Tisch mit mindestens zwanzig Designerstühlen mit Armlehnen, sass bereits Dr. Pünstl und Marianne Brandauer, sowie zwei weiteren Herren, die Fournier noch nicht kannte: ein Herr Oberleutnant Grimm, sowie ein Dr. Kurz, Leiter des Einbruchdezernates. Nach einer kurzen Vorstellungsrunde, verteilte Frau Dr. Brandauer verschiedene umfangreiche Unterlagen. Es sah wirklich so aus, wie Gustel vorausgesagt hatte: «Es könnte länger gehen!»

Pünstl eröffnete die Sitzung: der heutige Zustand sei unhaltbar geworden! Bald jede Nacht werde irgendwo ein Bankomat in die Luft gejagt, die Schäden, nicht nur die Monetären, sondern auch an Gebäuden können so nicht weiter gehen. Das sei schlicht unhaltbar. Dann stellte er verschiedene Massnahmen vor, befragte die Anwesenden nach neuen Ideen und ihren Meinungen. Fournier hielt sich zurück mit dem Hinweis, er sei erst zwei Tage in Wien, möchte selbstverständlich seinen Beitrag leisten, aber er müsste sich erstmal einlesen und sich ein Bild machen. Pünstl antwortete, das sei lobenswert und er hoffe wirklich auf seine Mitarbeit.

Nach drei Stunden und ohne nennenswerten Resultaten schloss Pünstl die Sitzung und wünschte allen einen geruhsamen Feierabend! Dann wandte er sich noch an Fournier: «Auf ein Wort noch sehr verehrter Herr Chefkommissar, haben sie morgen um ca. elf Uhr schnell Zeit in mein Büro zu kommen?» «Selbstverständlich, ich bin da!»

Gustel wartete schon auf ihn vor dem Lift: «Na, habe ich zuviel gesprochen: Es könnte heftiger werden und länger dauern? Wir haben es überlebt, Und jetzt?» «Ins Campari natürlich, ich fahre und glauben sie ja nicht, dass ich wieder durch die halbe Stadt kurve. Ich fahre direkt! Los einsteigen!» Fournier fuhr los und traf zielgenau und ohne Umwege in der Seitzergasse ein!

Wie erwartet, war ihr Tisch noch frei. Lisa kam mit ihrem fröhlichsten Lächeln an den Tisch und bevor Gustel etwas sagen konnte, sagte Fournier: «Guten Abend liebe Lisa, ja bitte, wie immer!» Dazu zwinkerte er mit dem rechten Auge! Gustel grinste nur, sagte aber nichts mehr! Fournier nestelte eine etwas ramponierte Gauloise aus der Brusttasche und brummte beim Anzünden: «Mann, das war ein Tag!» «Ja, da haben sie allerdings Recht! Auf ihr Wohl!»

Fournier merkte plötzlich, dass es bereits eindunkelte. Bei Fernando brannte zwar noch Licht, allerdings sass er bereits an seinem Tisch mit einem Ouzo vor sich! Im Garten ging das Licht an, die Stimmung war wiederum grossartig!

Lisa kam an den Tisch, Fournier nickte nur und zwinkerte; einige Minuten später brachte Lisa den gewünschten Campari mit einem Krug Orangensaft und einer Platte mit kleinen Käsekuchen in einer Grösse, die es erlaubte einen dieser kleinen Happen auf einmal in den Mund zu schieben: «Zum Wohl, die beiden Herren!» Dabei zwinkerte sie ebenfalls. Gustels einziger Kommentar. «I glabs net!» Dann klingelte das Diensthandy des

Kommissars: «Ja bitte!» «Ach du bist es; ja ok bis später und viel Spass!» «Emilie, sie geht jetzt ins Kino!» «Hat sie auch gezwinkert?» «Blödmann!»

Aus den Augenwinkeln beobachtete Fournier, dass Fernando einen weiteren Ouzo serviert bekam.

«Ich glaube, ich habe da eine Idee!» meinte der Chefkommissar. Gustel schien etwas verdattert, «und sie denken, sie funktioniert?» Gustel hatte zwar keine Ahnung , was Fournier damit meinte. «Ich habe ein gutes Bauchgefühl und darauf kann ich mich in der Regel verlassen!» «Kunststück bei dieser Wampen!» grinste Gustel. «Haha, meine Grandmaman hätte jetzt gesagt: Langohr sagt ein Hase zum anderen!»

Fournier sah, das Lisa mit dem nächsten Tablett ihren Tisch ansteuerte, im gleichen Moment ging sein Diensthandy: «Ja bitte?, Aha, und wie ist ihr Name? Leutnant Herrmann Barth?, Okay, was kann ich für sie tun?» Offensichtlich hielt der Anrufer die Hand auf die Muschel und sprach mit jemandem: «Du, das scheint ein Ausländer zu sein, da versteht man ja nichts!» Dann war er wieder auf Empfang. Fournier reagierte sauer und brüllte in den Hörer, so, dass die umliegenden Gäste die Köpfe drehten: «Hören sie gefälligst zu, hier wird nicht geblödelt, um was geht es überhaupt?» Dann hörte er mit angespannter Miene zu, Gustel sah ihn fragend an. «Sind sie sicher ein alter Chevrolet Suburban mit polnischen Schildern?» «Ja, wobei die Schilder natürlich gefälscht sein könnten!» «Okay, hat der Suburban einen Zughacken für einen Anhänger?» «Moment, ja, hat er und die Fahrertüre ist offen, aber kein Mensch zu sehen.» «Gut haben sie starke Zurrgurten oder Spansets in ihrem Dienstwagen?» «Ja klar, damit können sie einen Elefanten auf ihr Autodach binden!» «Verdammt, sie sollen ihre blöden Sprüche für sich behalten! Und jetzt hören sie mir genau zu; es geht hier auch um ihre persönliche Sicherheit! Seien sie möglichst leise, also kein Geschepper mit den Zurrgurten oder Autotüren zuknallen! Versuchen sie, die Zurrgurten am Zughacken des Suburban fest zu machen und das andere Ende am nächststehenden möglichst schweren LKW zu befestigen, am besten an der Hinterachse. Geben sie sich untereinander Deckung. Es ist Gefahr in Verzug, also brauchen sie nötigenfalls ihre Dienstwaffen, aber nur auf Kniehöhe schiessen. Dann fahren sie Ihren Dienstwagen ohne Martinshorn und Blaulicht zum Ausgang des Abstellplatzes, falls nötig ohne Rücksicht auf Verluste , stellen sie den Wagen quer in die Ausfahrt und begeben sie sich sofort in Sicherheit . Es könnte sein, dass die Täter mit einem gekidnappten LKW versuchen die Sperre zu durchbrechen. Melden sie sich wieder, wir schicken ihnen sofort Verstärkung, ich bleibe auf Empfang, und morgen um pünktlich neun Uhr erwarte ich sie mit ihrem Bericht in meinem Büro in der Rossauer Lände. Und jetzt viel Glück!» Damit unterbrach er die Verbindung.

Gustel sah ihn mit aufgerissenen Augen ziemlich entgeistert an «Was wor jetzt des?» «Erzähl ich ihnen gleich, aber zuerst organisieren sie möglichst schnell mindestens zwanzig neutrale Einsatzwagen, die ohne Blaulicht und Sirene den LKW-Stellplatz auf der A4, vis-à-vis vom Prater, Abzweigung auf die E 58 einkesseln und ihre Wagen auf der Ausfahrt quer stellen, und sich sofort in Sicherheit bringen, Schiessbefehl auf Pneus und nötigenfalls auf Kniehöhe, es könnte sein, dass die Täter mit einem gestohlenen LKW zu fliehen versuchen!» Gustel begann sofort zu telefonieren. Fournier brauchte erstmal einen Schluck Campari und eine Gauloise. «So, erledigt, unsere Leute sind bereits unterwegs! Aber könnten sie mich jetzt vielleicht aufklären?» «Ja, wir haben Meldungen erhalten, dass offenbar mehrere Blachenschlitzer am Werk sind. Wie viele ist leider nicht bekannt, den Rest haben sie ja mitbekommen. Puhh, und jetzt auf gutes Gelingen! Zum Wohl!»

Kurze Zeit später ging wieder Fourniers Handy: «Ja Herr Leutnant?» Der Chefkommissar hörte konzentriert zu: «sehr gut! Vier Personen festgenommen, zwei versuchten mit dem Chevrolet und flüchteten, danach zu Fuss, die Fahndung läuft. Ok, dann können wir die Sperrung aufheben und die Leute zurückziehen?» «Okay, dann noch schönen Abend und gut gemacht, vielen Dank!»

Gustel hatte beinahe alles mitbekommen und rief sogleich seine Leute zurück! Gratuliere Herr Chefkommissar, ich denke, sie haben soeben ihren ersten Fall in Wien gelöst!»

«danke, i glab, i könnt no e Glaserl vertrogen! Was monen s?» grinste Fournier. «Jo, i a!» «Ich habe mich soeben entschieden im Büro zu schlafen, ich habe nämlich absolut keine Lust im Dunkeln über irgendwelche Papiersäcke zu stolpern und mir danach noch eine Stunde lang einen Film erzählen zu lassen!» «Guter Entscheid!» schmunzelte Gustel, und bot sich an, Fournier anschliessend in die Rossauer Lände zu fahren.

Bei Tagesanbruch meldete sich sein Handy. Fournier war noch etwas verwirrt. Man meldete ihm, man habe in der Kronengasse vierzehn soeben eine männliche Leiche gefunden, könne allerdings noch nicht sagen, ob es sich um Mord oder Unfall mit Todesfolge handle. Der Tote sei offenbar der Besitzer der Liegenschaft, einem etwa sechzig jährigen Mann, namens Ottfried Winkelschneider, die notwendigen Stellen seien unterwegs. «Okay, danke, wir kommen!» Darauf rief er die die Bereitschaft an, man solle ihn in fünf Minuten in seinem Büro abholen.

Mit Blaulicht und Sirene ging es durch das noch fast schlafende Wien in die Kronengasse, hier standen bereits mehrere Streifenwagen und der Transporter des medizinischen Dienstes. «Kommen sie Herr Chefkommissar, die Leiche liegt im ersten Stock!»

Fournier war inzwischen etwas ausser Atem, sah sich in der verwinkelten Jugendstilwohnung um, ein Blick genügte und er ging sofort hinter die Kochinsel, warf einen Blick in das Flaschendepot unter dem Wasserbecken, und danach ins danebenliegende Fach für Abfälle. Dann winkte er den Chef der Spurensicherung herbei: «Das muss möglichst schnell ins Labor!» Dann trat er wieder zu der Leiche und sagte: «Es handelt sich eindeutig um Mord, oder wie sehen sie das?» «Das sehe ich auch so, der Mann wurde vermutlich zuerst zusammengeschlagen. Darauf deuten eindeutig frische Hämatome, danach muss er wohl mit dem Hinterkopf auf die Marmorabdeckung der Kochinsel geknallt sein: Exitus!»

«Bringen sie die Leiche umgehend in die Pathologie und die Spurensicherung soll die Wohnung gründlichst untersuchen, Zudem will ich wissen, wie ein allfälliger Täter in die Wohnung gelangt sein könnte! Finden sie heraus, wie viele Schlüssel es gibt und wer einen besitzen könnte!» Danach verabschiedete sich Fournier, bestellte sich ein Taxi und liess sich zurückfahren in die Rossauer Lände.

Auf seinem Pult lag eine Telefonnotiz vom Sekretariat: Eine Frau Joy Grimansau vom Le Parisien, Paris, erwarte seinen Anruf, beinahe gleichzeitig teilte man ihm mit, ein Leutnant Hermann Barth warte auf ihn im Sitzungszimmer sechs. Fournier zündete sich erstmal eine Gauloise an und dachte: «Warten lassen ist nie schlecht!»

Dann telefonierte er ins Sekretariat und fragte, wo denn das Sitzungszimmer sechs sei. Eine nette Dame teilte ihm mit, man werde ihn sofort abholen und ihn hinführen. Kaum eine Minute später wurde an seine Türe geklopft, eine ältere Dame in elegantem grünem Kostüm wieselte vor ihm durch den schier endlosen Korridor und führte ihn ans Ziel.

Fournier begrüsste ihn: «Herr Leutnant Barth, schön, dass sie da sind! Als erstes gratuliere ich ihnen zu ihrem Erfolg gestern Abend und ich möchte mich auch dafür bedanken!» Barth, ein schlaksiger junger Mann in Uniform bedankte sich , etwas rot im Gesicht werdend, seinerseits und fragte: «Ich habe den Bericht bereits eingetippt, darf ich ihnen den gleich überreichen?» «Gerne! Sie scheinen sehr begabt zu sein! Aber etwas Privates hätte ich noch!» «Ja, bitte, gerne!» «Wie gesagt: ihr Einsatz war absolut professionell! Aber bitte arbeiten sie an ihrer Art zu telefonieren! Solche Antworten sind bei dieser Art der Kommunikation nicht dazu da, sich gegenseitig zu unterhalten! Es kann sein, dass sie eine gesunde Art eines eigenen Humors haben, das ist schön und lobenswert, aber bitte nicht bei solchen Meldungen! Aber ich freue mich auf weitere erfolgreiche Einsätze mit ihnen! Jetzt wünsche ich ihnen einen schönen Tag und weiterhin viel Freude an ihrem Beruf!» Damit stand Fournier auf und verliess den Raum in Richtung seines Büros.

Er wollte sich gerade auf seinem Sessel einrichten und hatte schon eine noch nicht angezündete Gauloise zwischen den Fingern um mit Joy zu telefonieren, als es wiederum an seine Türe klopfte und Gustel eintrat.

«Hallo Herr Chefkomm....» Fournier unterbrach ihn «Mais non, muss ich ihnen eigentlich pro Tag sieben Mal erklären: Fournier reicht! Sonst müsste ich sie jedesmal begrüssen mit Herr oberster Chef der Zentralgarage, aber wir sind hier nicht in der Armee! Sie sind Gustel, ich bin Fournier! Ist das jetzt endlich klar Herr oberster Chef der Zentralgarage? Mon Dieux!» Gustel sah ihn mit grossen Augen an und Fournier stellte sich gerade vor, wie Gustel seine Ohren einklappte. «Ja, ja, ist ja gut! Darf ich ihnen trotzdem den finalen Untersuchungsbericht der Gerichtsmedizin überreichen? Der wurde mir gerade übergeben.» «Ja schön, aber an den Abläufen müssen wir hier noch gewaltig arbeiten! Gut, was steht darin?» «Also, sie hatten Recht, im Kehrichtsack wurden tatsächlich Scherben einer zerschlagenen Flasche mit Blutspuren und Fingerabdrücken gefunden und bereits untersucht: Es handelt sie um den Sohn von Winkelschneider, ein notorischer Spieler und ewig pleite. Er wurde bereits einbestellt!» «Grossartig, ich wurde um elf Uhr von Dr. Pünstel aufgeboten, dann werde ich ihm gleich berichten! Vielen Dank Gustel! Gut gemacht!» Gustel hatte seinen Chef schon dermassen eingeschätzt, dass er wusste, wann er das Büro verlassen musste.

Fournier sagte zu sich selber «Mon dieux, endlich!» Gleichzeitig konnte er sich die inzwischen ordentlich zerknautschte Gauloise anzünden. Er lehnte sich gerade entspannt zurück und wollte eben zum Telefon greifen um endlich Joy zurück zu rufen. Daraus wurde leider wieder nichts: es klopfte an seine Türe: «Ja, bitte!»

Dr. Pünstl!

«Lieber Herr Dr. Chefkommissar, ich weiss, ich bin etwas zu früh! Aber, man hat mir eben mitgeteilt, dass der junge Winkelschneider gestanden hat! Offenbar gab es einen heftigen Streit, weil sein Vater ihm den Geldhahn zudrehen wollte. Beide war offensichtlich schon ziemlich betrunken, wie sie auf Grund der leeren Flaschen richtig erkannt hatten! Zudem möchte ich ihnen zu ihrem grossartigen Erfolg gestern Abend gratulieren, ein richtiges

Meisterstück! Gustel hat mir heute morgen den Bericht von Leutnant Barth gebracht, sie legen ja ein Tempo vor, das Sekretariat kommt kaum mehr hinterher mit Berichten schreiben!»

«Herr Dr. Pünstl, ihr Lob freut mich, aber ohne all ihre wertvollen Mitarbeiter hätte das nie geklappt!

Und jetzt erlauben sie bitte, ich hätte da noch ein privates Anliegen! Mein Name ist definitiv Fournier und das reicht vollkommen! Das ganze Zugemüse ist völlig überflüssig, all das ist für mich unwichtig und nichtsagend, reine Zufälle!» Dr. Pünstl schluckte leer und sagte dann beinahe etwas düpiert:

«Ja aber, das sind doch Auszeichnungen für die getane Arbeiten, und auch Anerkennungen!»

«Oder aber» antwortete Fournier «Man ist zufällig zur richtigen Zeit am richtigen Ort und zuoberst auf der Beförderungsliste!» Pünstel schaute ihn konsterniert an, überlegte kurz und antwortete dann in einem typischen «Wieaner Akzent in französisch: «C'est peutêtre just Monsieur Fournier, ich bin für sie einfach Herr Pünstl! Damit ist die Sache erledigt!» Eine kurze Pause «Ja aber, was ich sie eigentlich fragen wollte: Haben sie sich schon Gedanken zu dieser Bandenkriminalität gemacht?» Fournier griff sich ans Kinn und stellte erstaunt fest, dass er sich in den letzten Tagen einen ungewollten Dreitagebart zugelegt hatte. «Sicher, ich hätte da vielleicht eine Idee!» Pünstl schaute ihn fragend an und sagte dann: «Ich habe gehört, dass man in diesem Büro rauchen darf!» Dazu zwinkerte er vielsagend. «Ja, das habe ich auch gehört!» und während er sich bereits die nächste Gauloise herausholte, sah er dass auch Pünstl ein ledernes Etui mit Zigarillos aus der Innentasche seiner Jacke herausholte. Darauf war es einen Moment ruhig, die beiden Herren zogen genüsslich an ihrem Rauchzeug! Nach dem zweiten Zug und einem kurzen Hüsteln: «Bitte Monsieur Fournier, lassen sie mich hören!»

Fournier räusperte sich, drückte seine Gauloise aus und begann, seine Idee vorzustellen! Pünstl hörte aufmerksam zu, mal mit geöffnetem Mund, mal mit grossen Augen. Fournier geriet zunehmend in Fahrt, schilderte in allen Details seinen Plan! Nach beinahe eineinhalb Stunden schloss er, lehnte sich zurück und griff nach einer Gauloise.

Pünstl griff ebenfalls nach einem Zigarillo, sagte eine ganze Zeitlang nichts, und dann: «Sie glauben wirklich, das könnte klappen?» «Ich habe ein gutes Bauchgefühl» «Okay, ich vertraue ihnen, sie haben, wie sagt man in Paris, ähh.... meine carte blanche! Welchen Zeithorizont sehen sie ungefähr?»

«Ich denke, dass drei Wochen Vorlaufzeit, Vorbereitung, Fahrzeugorganisatin, Personalauswahl reichen sollten!» «Sehr gut! Bonne Chance Monsieur Fournier! Uebrigens, haben sie morgen Mittag Zeit? Ich möchte sie gerne mit Gustel zusammen zum Mittagessen einladen. Ich habe ihn bereits gefragt, er würde uns morgen um halb elf abholen und fahren.» «Das passt, vielen dank Monsieur

Pünstl! Uebrigens, ich werde Gustel über diesen Plan informieren!» «Darf ich das selber tun?» «Okay meinetwegen!» Darauf verliess er mit freundlichem Nicken den Raum.

Endlich konnte er Joy anrufen! Zu seiner Ueberraschung meldete sie sich gleich nach dem ersten Klingelton und schien sich über seinen Anruf fast ein wenig überschwänglich zu freuen, fragte nach seinem Befinden und wie es ihm in Wien gefalle. Und dann die Ueberraschung: «Ich komme nächste Woche nach Wien und möchte dich an einem Mittag oder Abend zu einem Essen einladen. Ich habe gedacht, dass ich am Flughafen einen Wagen miete und dich abhole, ich weiss ja, wo du dein Büro hast, die Rossauer Lände kenne ich noch von früher! Ich möchte dir gerne meinen Artikel über deinen Empfang im Ritz präsentieren. Wann hättest Zeit?» Fournier schluckte ein paar Mal leer:

«ähhh….das ist ja genial, eigentlich kann ich mich an jedem Tag freimachen! Soll ich etwas organisieren?»

«Nein, nein, lass mich das übernehmen, vielleicht kann ich dir in Wien noch etwas zeigen, das du noch nicht kennst! Würde der nächste Mittwoch um ca. halb elf Uhr passen?» «Auf alle Fälle und sag mir ehrlich, wenn ich etwas für dich vorbereiten kann!» «Sicher, ich umarme dich, bis bald!» Dann war die Leitung tot und Fournier etwas perplex.

Danach ging er in die Tiefgarage, um jetzt endlich die CD vom Wolgasoldaten zu installieren und endlich Feierabend zu machen:

«Ach, schau an, der Herr kommt auch wieder mal!» «Ja, ich brauche morgen ein frisches Hemd!» Damit war offenbar alles gesagt und er verzog sich auf seine Raucherterrasse. Emilie fauchte noch irgendetwas hinterher, aber Fournier war bereits am Nesteln in seinen Taschen, um eine Gauloise zu finden.

Daraus wurde aber nichts, weil sein Diensthandy surrte. «Oh nein!» trotzdem hob er ab: Es war Gustel: «Hallo Monsieur Fournier, ich warte im Campari, hätten sie noch Zeit?» «Okay, bin schon unterwegs!» Dann zu Emilie: «sorry, ich muss noch mal weg!» «Sag mal, läuft da etwas?» «Du weiss, dass ich dir nichts über meine Arbeit erzählen darf! Es wird vermutlich später!» Damit griff er nach seiner Jacke, und weg war er! Mit ziemlich lautem Ivan Rebroff und dem Zarewitsch fuhr er auf den grossen Parkplatz in der Seitzergasse, wo Gustel ihn bereits winkend erwartete. Wie nicht anders zu erwarten stand der abendliche Apéro bereits auf ihrem Tisch! Die beiden prosteten einander zu! «So, jetzt möchte ich gerne ihre Pläne kennen lernen, Pünstl hat nur kurz erwähnt, dass da etwas auf mich zukommen könnte!» begann Gustel das Gespräch. «Ja, könnte durchaus sein, aber zuerst habe ich ein Anliegen: Bitte entfernen sie möglichst schnell dieses Messingschild bei meinem Büroeingang, das ist viel zu pompös und völlig überflüssig! Ein einfaches Namensschild mit Fournier, und nichts mehr genügt vollauf!» «Okay, es gibt Dinge im, die ich wohl nie im Leben begreife!» Fournier schaute ihn etwas irritiert an und sagte: «Ja, das stimmt! Zum Beispiel ein Herrenhemd, wo jeden Morgen entweder unten oder oben immer ein Knopf oder ein Loch zuviel oder zuwenig ist und man mit dieser Sysiphusknöpferei wieder von vorne beginnen muss!» «ja, oder Spagetti auf die Gabel kriegen!» oder «ein Döschwodach bei strömendem Dach zukriegen, ohne sich alle Finger einzuklemmen!» «Oder einen BH aufzunesteln. Elende Fummelei! Diese verdammten Dinger verhaken sich immer wieder bis man schliesslich wieder aufsteht und im Halbdunkel in dem Durcheinander von achtlos hingeworfenen Kleidern im ganzen Zimmer die Brille suchen muss!» Jetzt brach Fournier in lautes Lachen aus. «Mann, sie haben Erfahrung! Da kann ich leider nicht mitreden !» «So fertig, jetzt wieder mal seriös!» «Aber vorher noch auf ihr Wohl!» meinte Gustel.

Danach begann Fournier seinen Plan vorzustellen. Sein Gegenüber hörte relativ atemlos und zeitweise mit halboffenem Mund zu. Lisa servierte die nächste Runde, natürlich mit einem Augenzwinkern; «Sie glauben, das könnte funktionieren?» fragte Gustel nach einer Pause und einem zünftigen Schluck Campari. «Keine Ahnung, haben sie eine bessere Idee? Das Wichtigste sind nach meiner Meinung die involvierten Personen, wenn da jetzt jemand nicht dicht hält, haben wir vermutlich ein gröberes Problem! Zudem ist es eminent wichtig, dass die Autos jeden Tag und zu unterschiedlichen Zeiten bewegt werden. Es soll der Anschein erwecken, dass gewöhnliche und harmlose Menschen damit unterwegs sind!»

«Das sehe ich genau so, ein Leck könnte alles zunichte machen! Aber ihr Plan ist, gelinde gesagt, genial!» «Vielen Dank, ich zähle auf sie! Noch eine Runde?» Dann griff Fournier nach einer Gauloise, irgend wie war er völlig fertig und in Gedanken bei Joy! Die nächste Runde wurde von Lisa geliefert, sie vergass nicht Fournier mit einem hübschen Zwinkern zu bedenken! Was dieser anscheinend gerne erwiderte. «Was glauben sie?» fragte nun der Chefkommissar. «Bekommen sie zwischen dreissig und vierzig neutrale PW's und die entsprechenden verschwiegenen Fahrer zusammen?»

«Ja, das könnte klappen, ich denke schon, ist aber noch viel Aufwand und nicht ganz einfach!» «Es sollten einfache Dutzendautos sein, möglichst unauffällig, nur verbunden mit ihren Nummernschildern: Sie können auch gefälschte herstellen, denke ich mal, polnische, rumänische, irgendwelche slawischen, vielleicht auch ungarische stelle ich mir vor. Ich habe mir heute im Sekretariat eine Detailkarte ausdrucken lassen. Verteilen sie die Wagen in Garagen, Parkplätzen und Hinterhöfen möglichst unauffällig, aber jederzeit abrufbar. Von mir aus können sie morgen schon anfangen, aber achten sie auf Parkverbote, es wäre verdammt peinlich, wenn die eigenen Fahrzeuge durch unsere Leute abgeschleppt würden! Kriegen sie das hin?» Fournier konnte buchstäblich sehen wie das Hirn von Gustel arbeitete. «Nicht ganz einfach! Aber sie können versichert sein, ich gebe mein Bestes! Ich werde jeden einzelnen Beteiligten durch unseren psychologischen Dienst jagen!» Zufrieden mit Gustel und sich selber zündete er sich eine Gauloise an! Lisa sah heute irgendwie besonders hübsch aus! Fournier musste sich zurückhalten, schaute sie nur offen und mit einem Lächeln an, was mit einem intensiven Zwinkern beantwortet wurde. Die kleinen Häppchen schmeckten heute besonders gut. Das fiel auch Gustel auf, der Fournier anlächelte und versuchte ebenfalls zu zwinkern. Allerdings reichte es nur für eine Grimasse, die aber den Chefkommissar zum Lachen brachte. «So, entschuldigen sie, ich muss mich hinlegen, ich denke für heute ist genug!» «Ich fahre sie nach Hause!» «Danke, verehrter Gustel, ich nehme mir ein Taxi, ich möchte noch einen Moment alleine sein! Aber wenn sie meinen Golf morgen in die Rossauer Lände bringen könnten, hier sind die Schlüssel!» «Kein Problem, ich lasse ihren Golf aufladen und abholen, ich habe zu allen Fahrzeugen Zweitschlüssel. Angenehme Ruhe wünsche ich ihnen, bis morgen!»

Fournier liess sich ins Büro fahren und genoss die letzte Zigarette mit einem Glas des trockenen Weissweines aus seinem Kühlschrank auf dem Balkonkorbstuhl. Er war rundum zufrieden!

Am anderen Morgen haute es ihn buchstäblich mitten aus dem Tiefschlaf aus dem Bett: Neben seiner Bürotüre wurde gebohrt und gedübelt. Ein Heidenlärm. Erstaunt stellte er fest, dass er bereits fertig angezogen war. Er brauchte einen Moment, um sich in der realen Welt zurecht zu finden. Unterdessen stellte er mit Schrecken fest, dass es bereits kurz nach zehn Uhr war! «Verdammt» knurrte Fournier! Zum Zähneputzen und Abstauben des Gesichtes reichte es noch gerade, aber den fürchterlich kratzenden weissen Dreitagebart eben nicht! Gustel meldete sich gerade, sie seien bereit und am Warten vor der Rossauer Lände!

Beim Herunterkommen stellte Fournier freudig fest, dass Gustel ihm zu Ehren eine weisse DS aus seinem riesigen Fahrzeugfundus hervor geholt hatte. Man bot ihm den Beifahrersitz an und kaum angelassen, hob die Hydraulik den schweren und immer noch futuristischen Wagen auf normale Strassenhöhe. Fournier strahlte, die Hydropneumatik und die Automatik liessen die DS durch den inneren Ring schweben praktisch ohne irgendwelche Geräusche, hinaus Richtung Grinzing, wie er soeben auf einem Schild gelesen hatte.

«C'est encore une voiture exceptionell! C'est dommage , dass es diese Autos nicht mehr gibt! Kommentierte Fournier . «Ja, da haben sie absolut Recht!» Gab ihm Pünstl von der Rückbank aus Recht. Eine Minute später meldete sich Gustel: «Ja aber der Ciroen ist schon gewöhnungsbedürftig, so ohne Bremspedal!» «Was?» schrie nun Pünstl vom Rücksitz aus, und versuchte sich bereits überall festzuhalten: «Wir haben gar keine Bremse!» Fournier drehte sich um «mais non Monsieur, la Voiture ha une bouton pour freiné ! Es passiert nichts ! » Gustel drückte kurz auf den besagten Knopf, wobei der Wagen sofort nach rechts ausscherte. «Sind sie verrückt geworden?» tönte es nun von der Rückbank. «Nein, wenn ich jetzt da voll drauftreten will, dann fliegen wir alle durch die Frontscheibe!» «Nein, ums Himmels willen lassen sie das!» war der Kommentar vom Rücksitz. Pünstl

klammerte sich schon wieder überall fest und vor lauter Aufregung verlor er beinahe seine John- Lennon- Brille. Gustel grinste und fuhr mit Schwung in den Kreisel um links in die Leopoldstrasse ein zu biegen. Beim Aussteigen hatte Pünstl verschiedene rote Flecken im Gesicht, die beiden anderen Herren mussten eine bisschen versteckt grinsen.

Das Ziel war die «Reblaus», das heiss geliebte urige Lokal, wo Hans Moser regelmässig in seiner Lieblingsecke anzutreffen war und seinen Heurigen süffelte. Im Sommer äusserst beliebt bei den Wienern und natürlich auch bei unzähligen Touristen unter riesigen Weinlaubendächern, im Winter genauso beliebt wegen der alten Holztäfelung und der rustikalen Speisekarte. Meist spielten Livemusiken dazu von den Oberkrainern bis zu alten Wiener Schunkelliedern. Seit dem legendären schwarz-weiss Film «die Reblaus» mit Hans Moser in der vernuschelten Hauptrolle als Tierarzt Dr. Teisinger von 1940 wurde das Lokal das Lieblingslokal der damaligen und auch der heutigenWiener Prominenz.

So war es auch heute: Eine Wiener Kapelle spielte und sang die Schlager der zwanziger bis den fünfziger Jahren. Eine Bombenstimmung! Die drei neu angekommenen Gäste hatten dank Frühreservierung zwar ihren Tisch, aber allerdings Mühe eine Bestellung aufzugeben, Kellnerinnen wuselten mit Tabletts und Gläsern hin und her, die drei Herren bestellten der Einfachheit alle dasselbe: Backhendel mit hausgemachten Pommes und einen Liter Heurigen mit drei Gläsern. Während sie noch warten mussten standen die ersten Gäste bereits auf Bänken und zum Teil auch auf den Tischen und wippten im Takt der Musik. Die Ersten fingen an zu singen, das Lied von 1940 über den Bummelpetrus mit dem sich ewig wiederholenden Text «Petrus schliesst den Himmel zu, alle Englein gehen zur Ruh; (und jetzt Fortissimo!) Weil der olte Bengel heit mit einem Engel einen kleinen Bummel mocht! (Sechsfache Wiederholung!). Nun alle nochmal von vorne!

Die Wiener Schrammeln gaben alles! In der Zwischenzeit war nicht nur Gustel aufgestanden um mitzusingen sondern auch Dr. Pünstl. Fournier blieb sitzen weil a: verstand er kein Wort und b: war ihm das Durcheinander vom singenden Pöbel und Leuten, die einander anbrüllten, weil sie sich etwas sagen wollten, fast zu laut. Aber er trommelte im Takt der Musik mit der flachen Hand auf seinen Bauch. Gustel, der das sah, rief ihm zu: «sie müssen ihre Trommel schon etwas fester hauen, sonst geht das Instrument in der Musik unter! Aber auch nicht zu fest, sonst springt das Hendl oben wieder raus!» Fournier musste lachen!

Dann plötzlich wurde es ruhiger, die Musikanten legten eine Pause ein. Pünstel war für den Aufbruch und meinte: «Wir könnten ja im Sacher noch einen Kaiserschmorrn und einen kleinen Schwarzen nehmen! Was meinen die Herren?» Klar, war man einverstanden, Pünstl schien beinahe etwas übermütig.

Im Sacher war es trotz leiser und diskreter Kaffeehausmusik logischerweise bedeutend ruhiger und man konnte endlich wieder normal miteinander sprechen. Pünstl fragte zu Gustel gewandt: «Hat sie Monsieur Fournier bereits informieren können?» «Ja, die ersten Vorbereitungen laufen schon!»

Pünstel schien zufrieden, rief nach der Rechnung und wollte ins Büro.

Fournier stellte sich soeben vor, ein kleines Nickerchen zu machen, als sein Handy läutete: Emilie meldete sich, er müsse sofort kommen, in dem K. und K. Palais sei offenbar Alarm ausgelöst worden, sie habe Angst, es sei ein Riesentumult, und sie habe sich eingeschlossen, traue sich nicht hinunter.

Fournier war mit einem Schlag hellwach und telefonierte sofort mit der Einsatzzentrale. Die allerdings wussten von nichts, zwar habe es vor einer halben Stunde einen Auffahrunfall vor dem Palais sechzigerngegeben, aber das sei völlig harmlos und das Palais in keiner Art betroffen. «Typisch!» raunzte Fournier! «Hysterisches Weib!», meldete sich aber trotzdem, er sei unterwegs!

Angekommen, musste er beinahe lachen: Es war zwar alles abgesperrt, die Strasse war voller Autoteile und Scherben: Ein Kleinwagen war auf einen Tanklastwagen aufgefahren und dabei ziemlich auseinander gefallen, aber keine Verletzten und weiter nichts passiert! Einzig ein älterer Herr sass mit einem Kopfverband auf dem Gehsteig und schien zu jammern. Emilie liess sich kaum beruhigen, glaubt ihrem Mann nach einiger Zeit doch, dass das Ganze völlig harmlos sei. Fournier zog sich danach auf seinen Korbstuhl zurück, um sich genüsslich eine Gauloise anzustecken. Einen weiteren Anruf auf dem Diensthandy ignorierte er. Er wollte einfach nur einen Moment zur Ruhe kommen.

Aber diese dauerte auch diesmal nicht lange, weil Emilie ihn zu überreden versuchte, sie hinunter ins Restaurant zu begleiten und betonte mit einem Redeschwall, wie glücklich sie sei, dass er sich immer wieder bemühe, für sie da zu sein. Die Reaktion hielt sich mit einem leisen Grunzen und Augenverdrehen in Grenzen. Aber schliesslich willigte er trotz Hendl in der Reblaus und Schmarren im Sacher doch ein.

Einige Zeit später in seinem Korbstuhl rief er Gustel an und fragte ihn nach einem Absacker im Campari. «Verzeihens Monsieur, ober ich füehl mit heit e bisserl blümerant. Morn bi n i wieder do!» «Na, vielleicht hobens heit nur z laut gsungä, gell!» grinste Fournier mit seinem französischen Akzent.

Der nächste Morgen begann mit viel Schreibarbeit für den Chefkommissar, viele Protokolle zum Lesen und schliesslich zum unterzeichnen. Irgendwie schien das heute kein Ende zu nehmen.

Es war bereits kurz vor elf Uhr als Gustel ihn aufsuchte und in bester Laune rief: «Guten Morgen Monsieur, ich hab da was für sie!» Er schien wieder putzmunter und bester Laune. Fournier dachte, er sei noch etwas blass um die Nase, sagte aber nichts. Gustel übergab ihm ein Dossier mit etwa vierzig Namen: «Voilà, hier sind unsere Mithelfer und Fahrer!» «Okay, vielen Dank, aber bringen sie dieses Dossier zu Pünstl, das soll er entscheiden, ich kenne ja niemanden!» «Gut, das mache ich nachher, aber jetzt muss ich sie zuerst zu einer geschäftlichen Sitzung entführen! Ich fahre sie!

In der Tiefgarage stand bereits ein Vauxhall Victor, hellblau, ein ziemlich antiquierter Engländer aus den frühen Sechzigern mit auffälligen Weisswandreifen, bereit.

Gustel fuhr und erklärte dazu den 1. Bezirk. Fournier versuchte sich die Beschreibungen zu merken.

«Und hier geht's in die Sigmundgasse, lohnenswert wegen dem urigen Beiserl! Hier gibt's den besten Tafelspitz in Wien, mit Crèmespinat und Apfelcren!» «Ach so! Ein Mittagessen als geschäftliche Besprechung verkaufen und danach den Pünstl bezahlen lassen, sie san scho e woschechts Schlaucherl!» (Schlitzohr) «Woher haben sie jetzt das schon wieder?» «Ganz einfach: leidenschaftliches Zuhören und Nachfragen.» grinste Fournier. «Gegen sie ist nicht aufzukommen. Uebrigens hat Pünstl heute morgen den Auftrag erteilt, sein Türschild auszutauschen, er will das gleiche haben wie ihres, es soll einfach nur «Pünstl» draufstehen! Offenbar mischen sie ganz schön auf: österreichische Gemütlichkeit und zwischendurch auch e weng altmodisch gegen die Pariser Leichtigkeit!» Fournier musste schmunzeln, sagte aber nichts.

Gustel hatte nicht zuviel versprochen: Das Beiserl war wirklich urig und sehr gemütlich mit seiner brusthohen alten Holztäfelung, zum Teil waren noch die alten bleiverglasten Fenster und Oberlichter erhalten.

Und das Essen? «Formidable, ist mir völlig schleierhaft, wie man einen Tafelspitz dermassen zart hin bekommt!» schwärmte der Chefkommissar genüsslich.

Gegen halb zwei begann sich das Beiserl zu leeren. Dafür kamen immer mehr ältere Damen herein und machten sich über die hausgemachten Süssigkeiten her.

Gustel gab Fournier ein Zeichen, dass er bitte etwas näherrücken solle. Danach gingen die beiden Herren in einen halblauten Flüsterton über. Gustel erklärte, dass Pünstl ein Programm der nächsten vierzehn Tage verlangt habe. C'est bon, begann Fournier, morgen bin ich den ganzen Tag nicht erreichbar: Ein entscheidendes Treffen mit Jemandem aus Paris. Erst dann könne er einen Detailplan vorlegen. Gustel schien etwas irritiert und schaute sein Gegenüber fragend an. Der reagierte kaum und sagte nur: «sie sind der Erste, der den Plan sieht!»

Unterdessen stieg der Lärmpegel an, die Damen schienen sich lautstark gegenseitig ihr Leben zu erzählen. Die beiden Herren beschlossen aufzubrechen.

Am nächsten Morgen erwachte Fournier und stellte fest, dass er wohl etwas nervös war. Er deckte sich nochmals zu und hinterfragte sich, wie nervös er wirklich sei und kam zum Schluss, dass er in seinem Alter höchstens verhalten nervös sein könne. Nach der morgendlichen Dusche und dem täglichen Fummeln an den Knöpfen an einem frisch gebügelten Hemd staunte er überrascht: Der Esstisch war eingedeckt, er sah den Wiener Beinschinken, frische Semmerln und Kornspitz, Bergkas, Honig Marmelade und natürlich eine grosses Stück Butter. Eine bestgelaunte Emilie sass bereits am Tisch, zwei Tassen kleine Braune standen da. «Du solltest eigentlich wissen, dass ich ausser an Weihnachten und Neujahr nie frühstücke, aber trotzdem vielen Dank! Ich muss gleich ins Büro, bis später!» Damit war er bereits im Lift nach unten.

Bereits um halb zehn bekam er einen Anruf aus dem Empfang: Eine Mme. Grimansau frage nach ihm, ob sie die Dame hinauf schicken dürfen. «Gerne, ja»!

Joy klopfte nur leise an die Türe und trat sofort ein. Sie umarmte Fournier heftig und begrüsste ihn mit drei französischen Küssen und den Worten «schön dich zu sehen, ich habe mich sehr auf diese Reise nach Wien gefreut!» Fournier wirkte ein wenig verlegen, aber doch sehr freudig. Er bat im Sekretariat um zwei Espressi, schwarz und ohne Zucker!

Unterdessen reichte ihm Joy ein Dossier: «Hier mein Brouillon zu deinem Empfang im Ritz, bitte lese es mal durch und achte vor allem auf die Fotos von Houssmann!» Fournier seinerseits überreichte Joy ein A4 Blatt: «Bitte lies das auch mal durch!»

Währendem kamen die beiden Espressi «Vielen Dank!»

Nach dem ersten Schluck schaute Joy auf «Mmh, der Kaffee ist fantastisch, irgendwie sanft und absolut nicht aggressiv!» «Ja, muss wohl der Wianer Charme drin stecken!» schmunzelte Fournier zurück und vertiefte sich sofort wieder in das Brouillon von Joy: «Ich wusste gar nicht, dass Houssmann dermassen gut fotografieren kann, das sind ja richtige Profiaufnahmen!» «Ja, und mit einem verdammt gut aussehenden Chefkommissar im Mittelpunkt!» «Danke, aber deinen Text finde ich gut, informativ und nicht reisserisch, ich denke, das kannst du so veröffentlichen! Herzlichen Dank dafür! Was sagst du zu meinem Inserateentwurf?» Joy nahm einen Schluck Kaffee, schaute dem Kommissar in die Augen und meinte: «Das macht mir Angst, willst du das wirklich so durchziehen? Du weisst, dass es vermutlich gefährlich werden könnte!» Dabei stand sie auf und strich dem Kommissar über den Kopf «ich möchte nicht, dass dir etwas passiert! Wann soll dieser Text erscheinen?» «Am Liebsten morgen Donnerstag, ist ja eigentlich ein amtlicher Text.» «Ich denke mal, das soll in der Kronenzeitung, die auflagenstärkste Tageszeitung in Wien und Umgebung, dort kenne ich noch den Chefredakteur von früher, Johannes Hammermeier, ein netter älterer Herr. Wenn du möchtest fahren wir gleich hin. Aber wir müssen uns beeilen, wir haben nicht allzuviel Zeit!»

Joy hatte sich am Flughafen tatsächlich einen kleinen Opel gemietet. Damit fuhr sie nun zielstrebig in die Muthgasse 2, die Chefredaktion der Kronenzeitung, wo sie sich und ihren Begleiter beim Chefredakteur anmelden liess. «Ja natürlich, ich lasse bitten, aber sie sollen den Privatlift in mein

Büro nehmen, ich schicke ihn gleich hinunter in den Empfang!» Dieser Lift schien in einem Höllentempo direkt in den 16. Stock zu gleiten, wo sie Johannes Hammermeier schon erwartete.

«Küss die Hand gnäd'ge Frau, schön, sie wieder mal hier zu sehen! Monsieur, herzlich willkommen!»

Der darauffolgende small talk verlief in gegenseitiger Freundschaft und Herzlichkeit, noch mehr Kaffee lehnten sie Besucher dankend ab. «Und, was kann ich für sie tun?» lächelte Johannes Hammermeier». Joy klärte ihn kurz auf und überreichte das A4 Blatt von Fournier. «Oh, das ist aber heikel! Es ist ihnen aber schon bekannt, Monsieur, dass wir dafür keine juristische oder allenfalls andere Verantwortung übernehmen können! Wollen sie das wirklich verantworten?» «Ja, und wenn es das Letzte ist, was ich tue! Es muss sein!» Joy mischte sich ein mit den Worten: «Ich denke, das Inserat ist eine halbe Seite gross, schwarzer Hintergrund, weisse Schrift! Bekommen sie das noch hin, es müsste morgen Donnerstag erscheinen?» Hammermeier überlegte einen Moment und fing dann an, ein paar Telefonate zu machen, er wirkte sehr bestimmend. Nach ein paar Minuten die erlösende Antwort für einen sichtbar angestrengten Fournier: «Okay, läuft, erscheint morgen bereits in der Frühausgabe!» Beim Hinausgehen drehte sich der Kommissar um und fragte «eine Bitte hätte ich noch, darf ich Mme. Grimansau beauftragen, einen kurzen Bericht in der Kronenzeitung zu schreiben?» «Oh ja, mit Vergnügen, gerne! Mme. Grimansau war unsere beste Journalistin und wir haben alle bedauert, dass sie wieder zurück nach Paris gezogen ist.» Damit stiegen die beiden wieder in den Privatlift, der sie in atemberaubendem Tempo nach unten brachte.

Joy zog ihn ins Auto, ihn, der nun völlig überwältigt war und wusste: jetzt gab es kein Zurückkrebsen mehr, die ganze Angelegenheit hatte sich quasi verselbständigt, jetzt hiess einfach warten! Und bekanntlich ist das keinesfalls die Stärke von Fournier! «Ich werde heute Abend die ganzen Pläne mit Gustel nochmals in allen Details durchgehen und mir morgen früh von Pünstl die carte blanche erneut bestätigen lassen!» sinnierte der Kommissar! Joy drückte ihm während dem Fahren seine Hand:

«Du bist schon ein bisschen verrückt, aber ich mag dich genau so, und zwar immer mehr! Entschuldige, dass ich das so offen sage, aber ich kann nicht anders, ich werde dich bei jedem Schritt gedanklich begleiten und unterstützen!» Fournier sagte nichts, er war aber innerlich unheimlich gerührt. Nach einem kurzen Räuspern fragte er «wo fahren wir eigentlich hin?» Aber dann sah er den Wegweiser: Handelskai 265, Parkplatz. Joy versuchte den kleinen Opel in eine Parklücke zu quetschen, was allerdings Fournier dazu zwang, vorher auszusteigen. Joy hatte es schliesslich geschafft, kam auf ihn zu und umarmte ihn, dazu küsste sie ihn erstmals richtig und innig: der Kommissar war völlig überrumpelt und total perplex! «Komm jetzt!» und hakte sich bei ihm unter. Fournier liess sich das natürlich gerne gefallen. Zusammen bestiegen das Schiff, Joy hatte die nötigen Papiere in der Tasche: «Für sie ist ganz oben auf dem Oberdeck reserviert, da haben sie eine einmalige Aussicht! Sie sitzen achtern aber mit Blick auf den Bug» Sie waren noch eine Stunde zu früh und noch alleine . Joy küsste den Kommissar nochmals sehr lange und sehr innig. Sie nahm seine Hand in die ihre und wollte kaum mehr loslassen, «ich brauche dich!»

Langsam füllte sich das Schiff, aber ihr Ecktisch blieb immer noch frei. Das war gut, weil auf dem Oberdeck geraucht werden durfte. Fournier fummelte eine Gauloise aus der Innentasche seines Sakkos und zündete sie an. Genüsslich sog er den Rauch ein und blies ihn noch genüsslicher wieder aus. Joy schaute ihm verliebt zu, und drückte wieder seine Hand!

Die Beiden waren in ein Gespräch versunken, als Fournier aus dem Augenwinkel sah, wie ein junger Mann versuchte eine offenbar schwere dunkelblaue Segeltuchtasche über die Reling in die Donau zu werfen, dann versuchte er selber ins Wasser zu springen. Fournier sprang auf und es gelang ihm den Mann, der sich heftig wehrte mit geübtem Polizeigriff zurück auf das Deck zu ziehen. Ein paar ältere Damen schrieen und riefen nach Polizei und Feuerwehr. Der junge Mann hatte, kaum auf dem Deck liegend das Bewusstsein verloren. Ein Steward brachte Decken. In der Zwischenzeit versuchte eine Barkasse der Wasserschutzpolizei auf der Steuerbordseite des Touristenbootes anzulegen. Zwei Leute stiegen an Bord, liessen sich in kurzen Worten erklären, worum es gehe, Fournier musste sich ausweisen und befahl in scharfem Ton, der Mann müsse sofort in ein Krankenhaus gebracht werden, da es sich hier vermutlich um einen Medikamentenschock handle. Danach setzte er sich wieder neben Joy, die nun seine Hand auf ihren Oberschenkel legte. «Was war jetzt das?, Hast du dir wehgetan?» «Nein, nein, vielleicht einer der flüchten wollte, weil er sich erkannt fühlte oder vielleicht ganz einfach ein ziemlich missglückter Suizidversuch. Jedenfalls muss er eine ordentliche Portion Tabletten eingenommen haben. Aber das wird sich klären.» «Und die Segeltuchtasche?» «Auch das wird sich klären. Die Männer der Wasserschutzpolizei werden sie finden, und wenn sie die ganze Donau trocken legen müssen.» Mit einem Lächeln griff er nach dem Weissweinglas, das inzwischen als Apéro serviert wurde und stiess mit Joy an; «auf dich!» Kurz darauf meldete sich der Bootsführer im Lautsprecher: «Meine sehr verehrten Gäste, bitte beruhigen sie sich, der junge Mann ist bereits ins Hospital Sankt Joseph eingeliefert worden. Ich wünsche ihnen eine weiterhin angenehme Fahrt! In einer halben Stunde wird das Mittagessen serviert!» Das war wirklich ausgezeichnet; ein echtes Wianer Kalbschnitzel mit wunderschön aufgeworfener knuspriger Panade, serviert mit einem gerollten Sardellenfilet auf einer Zitronenscheibe, anscheinend frischem Blumenkohl und Brokkoli mit Zündholzpommes. «Einfach sauguat!» Joy musste lachen: «Du wirst noch a echter Wianer!» Dann wandten sich die Beiden wieder sich selber zu, sie hatten sich viel zu erzählen, Joy wies ihn zwischendurch immer wieder auf berühmte Sehenswürdigkeiten beidseits der Donau hin, erzählte, was sie darüber wusste. Und das war eine ganze Menge. Fournier genoss die Fahrt und das Zusammensein mit Joy, die immer wieder seine Hand in ihre nahm.

Nach dreieinhalb Stunden legte das Boot am Anleger wieder an, die Fahrt war hier zu Ende. Fournier fragte: «Wie kommen wir jetzt zu unserem Wagen?» «Nicht so hektisch, junger Mann, lass dich überraschen.» Gleich gegenüber des Anlegers war eine Holzbank, die nun mit dem untergehackten Kommissar durch Joy angesteuert wurde. «Komm mein Lieber, jetzt habe ich Lust auf eine Gauloise von dir!» Die Beiden sassen nun eng zusammen und rauchten. Joy sah ihn immer wieder verliebt von der Seite an. Die Wellen der Donau klatschten in regelmässigen Abständen an die Kaimauer.

«Jetzt fehlt nur noch der Vollmond!» sinnierte Fournier. «Du scheinst ja ein richtiger Romantiker zu sein!» lachte Joy und küsste ihn zärtlich, wobei sie seine Hand kräftig drückte. «Komm, gib mir deinen

Zigarettenstummel, da hinten ist ein Aschenbecher.» Fournier sah, wie eine grossgewachsene, kurz- und weisshaarige Dame in einem hellgrauen eleganten Deux-piece in kleinen, aber hastigen Schritten auf sie zusteuerte.

Sie und Joy umarmten sich herzlich. «Darf ich dir meine Freundin Anne vorstellen? Anne Bösauer, Kuratorin des Wiener Kriminalmuseums.» Fournier erhob sich: «Küss die Hand, gnäd'ge Frau. Ich bin Fournier.» «Ich weiss, ich habe bereits viel von ihnen gehört und freue mich, sie persönlich kennen zu lernen! Können wir beim du bleiben?» «Selbstverständlich sehr gerne!» Die Beiden waren sich auf Anhieb sympathisch. Fournier hatte natürlich viele Fragen, Anne antwortete gerne, Joy schien vergnügt zuzuhören. Eine fröhliche kleine Runde! «E Glaserl Wein wär jetzt angebracht, was meint ihr?» fragte Anne. «Aber sicher doch!» «Kommt, ich fahre euch, ich kenne eine kleine Weinstube in der Piaristengasse, ganz nahe von eurem Parkplatz!» Anne fuhr einen schätzungsweise fast dreissig jährigen dunkelroten Buick in einem hervorragenden Zustand. «Ein Erbstück meines verstorbenen Mannes.» sagte sie, als sie den Blick von Fournier sah.

Die Weinstube war äusserst sympathisch, ein Gebäude aus der sogenannten guten alten Zeit. Anne erzählte, dass das Gebäude um Ende des neunzehnten Jahrhunderts gebaut wurde aber als Schlachterei, danach aber zigmal umgebaut und umgenutzt wurde und schliesslich im zweiten Weltkrieg zerstört und wiederum aufgebaut wurde.

Johann der Kellner und Besitzer in Personalunion begrüsste die neuen Gäste mit typisch wianerischem Charme. Fournier wollte grad eine Bestellung aufgeben, Anne unterbrach ihn und sagte nur kurz «wie immer Johann, aber diesmal eine ganze Flasche!» Bevor die Flasche kam, meldete sich Fourniers Diensthandy, «entschuldigt, das muss ich nehmen!» und ging hinaus in den Garten. Es war Gustel mit der Meldung, Dr. Pünstl wolle sie Beide noch heute, Vorschlag neunzehn Uhr im Büro Fournier sprechen, geht das?» «Okay!» Er nutzte die Zeit um kurz nach zu denken und sich gleichzeitig eine Gauloise anzuzünden.

Joy beobachtete ihn durch das Fenster und wandte sich an Anne: «Ich habe für heute Abend zwei Karten für die Staatsoper: Johann Strauss, die Fledermaus, hast du Lust und Zeit? So, wie ich das sehe ist Fournier unabkömmlich.» «Oh, ja, gerne, ich hätte zwar eine Vorstandssitzung, aber weisst du, eine jener todlangweiligen Sitzungen, wo wie immer alle reden, und keiner etwas sagt! Die sage ich ab, und komme sehr gerne mit dir in die Oper!» Danach schrieb sie schnell ein Whatsap. Fournier setzte sich wieder an den Tisch. Johann kam dazu und schenkte nach.

«Ich muss leider um neunzehn Uhr im Büro sein, tut mir leid!» Und dann meldete sich erneut sein Handy: «Jetzt nicht!» und drückte den Anruf weg.

Die Stimmung am Tisch war spannend und zeitweise beinahe überschwenglich, man verstand sich prächtig, Joy sah hinreisend aus, stellte Fournier fest, enthielt sich aber jeglichen Kommentar dazu.

Anne schaute auf die Uhr und verabschiedete sich, drückte die Beiden fest an sich und versprach eine Wiederholung der gemütlichen Runde. Daraufhin tranken auch Joy und der Kommissar ihre Gläser aus: «Ich fahre dich noch ins Büro. Im Auto küsste sie ihn nochmals sehr zärtlich: «Alles Gute, viel Erfolg und pass auf dich auf!»

Im Büro sass bereits Pünstl und Gustel. Vor sich mehrere eiligst aufgebaute Monitore. Pünstl rauchte eine Zigarello und irgendwie schien die Stimmung etwas angespannt. Pünstl kam gleich zur Sache und zeigte einen Vorabdruck, der ihm von einem Kurier in einem versiegelten Umschlag heute Nachmittag überbracht wurde. «Glauben sie immer noch an das positive Ende, Monsieur?» «Ja sicher!» Dabei schauten beide Gustel an. «Ja, wir sind bereit, sämtliche Fahrzeuge wurden nochmals in unserer Werkstatt überprüft, ebenso die Funkverbindungen. Die Fahrer sind von heute Nacht an auf ihren Posten. Die Kommandozentrale wird vom Kommissar persönlich hier im Büro überwacht, die Monitore erlauben jederzeit jeden einzelnen Wagen aufzurufen. Sämtliche Daten werden zwecks späterer Untersuchungen für achtundvierzig Stunden gespeichert.»

Pünstl stand ohne ein weiteres Wort auf, wünschte gutes Gelingen und viel Erfolg und dann, völlig untypisch, drückte er Jedem die Hand und verliess das Büro.

Kurz darauf verliess auch Gustel den Raum mit der Bemerkung «Ich bin morgens um sieben Uhr wieder da, weil um sechs erscheint ja die Frühausgabe! Ich hoffe, sie können trotzdem gut schlafen!»

Fournier blieb in Gedanken versunken sitzen, die Aktion einerseits, der Tag mit Joy andererseits gingen ihm nicht aus dem Kopf. Er zündete sich eine Gauloise an und nahm das Papier, das Pünstl zurück gelassen hatte, in die Hand. Er holte sich noch ein Glas Wein aus seinem gutgefüllten Kühlschrank.

Aus gegebenem Anlass entschied er sich, im Büro zu übernachten, legte sich hin und schlief sofort ein.

Nach gefühlten zehn Minuten wurde heftig an seine Türe geklopft. Fournier schreckte aus einem kaum bekannten Tiefschlaf auf, ging ziemlich verwirrt an die Türe, die nachts immer abgeschlossen

war. Ein Kurier überreichte ihm einen versiegelten Umschlag von der Kronenzeitung.

Die Frontseite wurde in der oberen Hälfte geprägte vom einem Bild vom Campus und Hauptsitz der Unicredit Bank Austria am Rothschildplatz 1 Wien Mitte.

Der untere Teil war komplett in rot mit weisser Schrift:

An unsere geschätzten Kundinnen und Kunden
Leider wurde unsere Bank letzte Nacht Opfer von Hackern.
In der Folge wurden sämtliche Sicherheitseinrichtungen sowie
alle dazugehörigen Bankomaten lahmgelegt.
Unsere Techniker und IT-Spezialisten hoffen, dass unsere Bank
ab Samstag Vormittag wieder zum Normalbetrieb übergehen kann.
Wir bedauern dieses Ereignis sehr und hoffen auf das Verständnis
aller Nutzer.
Alle übrigen Filialen und Bankomaten sind nicht betroffen.

Wir bitten Sie ihre Bankgeschäfte in einer der anderen Niederlassungen wie gewohnt zu tätigen. Wir werden sie wieder informieren.

Ihre Unicredit Bank Austria, Campus und Hauptsitz, Rothschildplatz 1, Wien Mitte

Fournier nickte zufrieden und flüsterte leise «Danke Joy!» und bestellte sich erstmal mal eine Kanne starken Kaffee im Sekretariat.

Ein paar Minuten später traf Kaffee und Gustel beinahe gleichzeitig ein. Gustel begrüsste den Kommissar beinahe überschwenglich «sehr gut! Operation ist angelaufen, jetzt gibt es kein Zurück mehr!»

Er ging an das Pult von Fournier und schaltete sämtliche Monitore , Lautsprecher und Mikrophone gleichzeitig ein, worauf es plötzlich finster wurde im Büro. «Verdammt nochmal, daran hat niemand gedacht! Wir haben zu wenig Strom!» In aller Eile wurde von den Hauselektrikern eine Notversorgung aussen an der Fassade hochgezogen. Gustel fuhr alle Monitore auf Null zurück und startete sie dann neu. «Läuft!» rief er zufrieden, aber leicht angespannt in den Raum. Kurze Zeit später trat Pünstl in Begleitung zweier Herren in dunkelblauen Anzügen ein. «Die Herren sind von der Direktion der Unicredit Bank Austria, Herr Dr. Blüml, und Justizrat Dr. Engström.»

Pünstl hüstelte und ergriff das Wort, ging sofort in medias res: «Meine Herren, ich begrüsse sie offiziell, und weise darauf hin, das wird ein langer Tag und eine noch längere Nacht. Nach meiner Einschätzung wird tagsüber noch nicht geschehen, ausser vielleicht einer neuerlichen Strompanne» Dabei zwinkerte er zu Gustel gewandt, «Aber meine Herren der Unicredit Bank Austria, sie können also gerne ihrer gewohnten Tätigkeit nachgehen, aber bitte hinterlassen sie ihre Handynummern, damit wir sie benachrichtigen können, sobald sich etwas tun würde. Ich wünsche ihnen allen einen erfolgreichen Tag. Ich bin jederzeit erreichbar!» Damit verliess er den Raum. Kaum draussen, klopfte es erneut: Marianne Brandauer, die Chefsekretärin, brachte einen Korb mit frischen Brötchen, Wiener Schinken und Tiroler Bergkäse. Die beiden Bankherren beschlossen bei diesem Anblick, noch ein wenig zu bleiben, richteten ihre Kravatten und setzten sich wieder hin.

Gustel und Fournier verschanzten sich hinter ihre Monitore. Der Kommissar ging im Geiste zum x.Mal jedes Detail durch: es durfte auf ihrer Seite keine Panne geben, es musste einfach funktionieren.

Endlich beschlossen die beiden Banker aufzubrechen und auf Anruf von Fournier wieder zu kommen. Auch Gustel versprach in einer Stunde wieder da zu sein. Der Kommissar gönnte sich eine Gauloise und lehnte sich zurück. Er schreckte aus seinen Gedanken auf, als sein Handy klingelte: Joy!

Die Freude, die Stimme des anderen zu hören war gross, die gegenseitige Vertrautheit und Hochachtung fast nicht zu beschreiben. Joy erzählte , dass sie von der europäischen Presseagentur EPA eingeladen worden sei, nach Tripolis zu fliegen um mit fünfzehn anderen Journalistinnen und Journalisten über Libyen zu berichten. Die Teilnehmer seien aus Grossbritannien, Frankreich, Deutschland, Oesterreich und sogar einem Journalisten aus der Schweiz. Sie fliege heute Abend und sei am Montag wieder zurück.

«Ich hoffe, wir können uns dann sehen, du fehlst mir unendlich mein Lieber!» «Ja, du mir auch! Pass auf dich auf, ich bin bei dir!»

Daraufhin legte sich der Kommissar einen Moment hin und hing seinen Gedanken nach. Das dauerte aber nicht lange: Er schreckte auf, weil er vermeintlich Joy im Raum spürte. Irgendwie fühlte er sich hin- und hergezogen zwischen Traum und Realität .Aber erstmal brauchte er dringend einen starken Kaffee, den er im Sekretariat bestellte, den Pünstl höchstpersönlich brachte und sich auch gleich über den Stand der Dinge erkundigte. «Wie erwartet: bis jetzt scheint alles ruhig, ich nehme an, dass erst nach Mitternacht irgendwas passiert. Die vergangenen Ueberfälle fanden jeweilen immer nach zwei Uhr morgens statt.» antwortete Fournier. «Also steht uns eine lange Nacht bevor!» stellte Pünstl folgerichtig fest. Er zog eine Zigarello aus seinem Etui, was dazu führte, dass auch Fournier eine

etwas verknautschte Gauloise hervor nestelte. Die beiden Herren sassen nun am Pult und beobachteten die Monitore.

«Moment mal, da steht ein Geländewagen, der vorher noch nicht da war! Können sie das Kennzeichen erkennen?» Fournier war plötzlich hellwach. «Ich denke, das ist ein tschechisches Schild!» «Ja, denke ich auch, scheint ein alter Range Rover zu sein, sieht so aus, als sollte der Wagen versteckt werden, darum ist das Schild von Gebüsch verdeckt.» Pünstl schaute nun konzentriert auf die verschiedenen Monitore und stellte auf Grund er Aufzeichnungen fest, dass dieser Wagen seit zehn Minuten da stand. Der Kommissar versuchte in der Zwischenzeit ins tschechische Nummernarchiv vorzudringen, um den Halter festzustellen. Das Schild schien eindeutig gefälscht.

Dann piepste er den gemäss Gustels Liste nächststehenden Wagen an, er solle bitte diesen Range Rover unauffällig im Auge behalten. «Alles klar, verstanden!» kam die Antwort umgehend zurück. Dann knackte Fourniers Handy, ein whats up, er schaute kurz darauf: Eine kurze Nachricht von Joy, die er aber später beantworten wollte. Weitere Bewegungen fanden in der Folge gemäss den Monitoren nicht statt.

Der Abend und die darauf folgende Nacht wurden schier unerträglich. Fournier und Gustel waren aufs Höchste angespannt, die Luft schien, nicht nur durch die Unablässigkeit der gerauchten Zigaretten des Kommissars, elektrisch geladen. Man beobachtete wie, trotz des Inserates, immer wieder Passanten zielstrebig an die Bankomaten gingen und je nach Temperament wütend darauf hauten oder kopfschüttelnd wegliefen.

Zwischendurch meldete sich Marianne Brandauer und brachte zur allgemeinen Freude belegte Brötchen aus der nahegelegenen Konditorei. Auch für regelmässig heissen Kaffee war sie besorgt.

Gegen zwei Uhr nachts erschien Pünstl und fragte vergebens nach Neuigkeiten.

Dann, kurz vor zwei Uhr nachts, schien sich in den Gebüschen etwas zu bewegen. Alle schauten gebannt in die Monitore. Dann musste Fournier lachen: «Entspannung meine Herren, schauen sie genauer! Es ist eine Füchsin mit drei Jungen, harmlose Stadtfüchse!» Aber dann, fast gleichzeitig bewegte sich tatsächlich etwas anderes: Die Herren schauten alle hochkonzentriert in die Monitore: auf der Westseite des Campus kamen mehrere hochmotorisierte SUV ins Bild, sie schienen nach einem gewissen System zu parken, dann folgte auf der Nordseite ein, wie es schien ein Mannschaftsbus, und fast gleichzeitig auf der Südseite zwei PS-starke Sportwagen.

«Müsste ein Porsche und der dunkle ein Maserati sein!» mutmasste Fournier. Aber, so wie ich das sehe sind die Kennzeichen gefälscht!» Gustel gab ihm Recht. Der Bus manövrierte rückwärts vor das Hauptportal des Campus, mehrere Personen waren zu sehen: sie luden verschiedene Werkzeuge und mehrere Gasflaschen aus. Die Haupttüre wurde ausgehebelt, und im Nu verschwanden die Personen samt ihren Gerätschaften im Innern des Gebäudes .»Die kommen sauber auf die Ueberachungskameras!» bemerkte Justizrat Engström. Dann fielen verschiedene Schüsse. «Oder die Kameras wurden soeben abgeschossen!» grinste Gustel. «Unter uns gesagt, es gibt zwei getrennte Systeme, die sichtbaren und ein solches das unter Putz unsichtbar ist!» lächelte Engström zurück. Soeben waren auf den Monitoren zwei weitere heranfahrende Fahrzeuge auszumachen. Wiederum verschwanden mehrere Männer im Innern des Gebäudes.

«Wir warten noch einen Moment, bis die sich eingerichtet haben, dann gebe ich den Befehl» flüsterte nun Fournier. Alle nickten. «Zugriff, Schüsse höchstens auf Hüfthöhe!»und dann ging alles rasend schnell: Von rundum, aus jeder Garage, aus jedem Hinterhof, aus jedem noch kleinen

Nebensträsschen fuhren rund vierzig Fahrzeuge aller möglichen Couleurs los und bauten sich um den kompletten Gebäudekomplex des Campus auf, die ersten Schüsse fielen, eine Spezialtruppe drang ins Gebäude ein. Mehrere Männer versuchten zu fliehen, entweder zu Fuss oder mit einem der SUV's. Weit kam aber niemand. Das Sicherheitsnetz war zu dicht. Ein Range Rover versuchte mit einem Kick down zwei Polizeifahrzeuge zu rammen und wegzudrücken. Die Chance mit zerschossenen Reifen war allerdings nicht all zu gross. In dem Durcheinander rasten mehrere Polizei- und Feuerwehrfahrzeuge heran und auch mehrere Rettungswagen der Ambulanz und des rotes Kreuzes. Auf einem der Monitore konnte man sehen, wie zwei offenbar verletzte Polizeiangehörige in die Rettungswagen verladen wurden. Zwei Polizeihelikopter beleuchteten die Szenerie von oben. Zwei Lautsprecherwagen kurvten durch die umliegenden Quartiere und riefen die Bewohner auf, in ihren Häusern zu bleiben und von den Fenstern wegzugehen.

Pünstl war unterdessen schneeweiss im Gesicht und musste sich setzen. Fournier sagte mit Anteilnahme «erlauben sie» und griff in die Innentasche von Pünstls Sakko, um eine Zigarillo herauzuholen und sie für den Polizeidirektor anzuzünden. zudem schenkte er ihm einen starken schwarzen Kaffee ein. Fournier setzte sich zu ihm und griff ebenfalls nach einer Gauloise. «Ich glaube, wir haben nichts falsch gemacht! Was meinen sie?» «Ich gebe ihnen Recht Monsieur, aber wir müssen die entsprechenden Auswertungen abwarten!» Kurze Zeit später meldete sich die Einsatzleitung vor Ort auf einem der Monitore: «Wir melden Ende der Operation: neun Personen konnten festgenommen werden , dazu konnten mehrere Fahrzeuge, Werkzeuge, Waffen und eine grössere Menge Sprengstoffe sicher gestellt werden, eine Person ist noch auf der Flucht, die Fahndung mit einer Hundestaffel läuft, zwei Polizeiangehörige wurden mit je einem Oberschenkeldurchschuss ins Spital St. Joseph eingeliefert, einer der Täter kam leider ums Leben. Sind sie einverstanden, wenn wir die Operation jetzt abbrechen?» «Okay, hier Fournier, aber lassen sie in dieser Nacht noch zwei Personen vor Ort. Ansonsten herzliche Gratulation auch an ihre grossartigen Männer, toller Erfolg, vielen Dank und gute Nacht!»

Fournier fuhr daraufhin ins sein Domizil, das K. und K. Hotel. Aber, was ihn erwartete war unglaublich. Emilie sprang auf und fauchte ihn gleich an: «Was zum Teufel reitet dich eigentlich? Tu es un salaud! Incroyable! Un vieux Playboy! Du lehnst mein Frühstück ab mit der Ausrede ins Büro zu müssen. Et puis verbringst du mit diesem Flittchen einen verliebten Tag!» dann warf sie ihm die heutige Ausgabe der Kronenzeitung hin. «Du bist einfach nur peinlich, je te deteste!» Die letzte Seite hatte Fournier nicht gesehen: Eine reisserische fette Ueberschrift: Neue Liebe für unseren Chefkommissar? Darunter ein deutliches Bild mit dem Kommissar und Joy während einer engen Umarmung! Emilie fauchte unterdessen weiter! «So, jetzt reichts! Für welches Affentheater übst du eigentlich?» brüllte nun Fournier. «Damit du es weisst, ich habe Fahrkarten, ich fahre heute nacht nach Paris zurück! Dann hast du hier Platz für dein Flittchen!»

Fournier hatte genug, verliess den Raum und haute die Türe zu, dass beinahe die Wände wackelten.

Dann fuhr er zurück in sein Büro mit lauter Musik von Franz Lehar: Gold und Silber! Walzer.

Im Büro stellte er sein Handy auf Wecken um kurz vor sieben Uhr. Er war gespannt auf die News von Radio Wien. Er gönnte sich noch eine Gauloise und ein Glas Weisswein. Darauf legte er sich hin mit dem Gedanken: Unglaublich, dieser Tag!

Nach unheimlich wirren und wilden Träumen, setzte er sich an seinen Schreibtisch und schaltete die News von Radio Wien ein. Der Sprecher wirkte etwas aufgeregt bei der ersten Meldung: Unter der Leitung unseres Chefkommissars Dr. Gustav Fournier gelang gestern Abend ein sensationeller Coup gegen das organisierte Verbrechen. Neun Männer wurden festgesetzt, ein Täter ist noch flüchtig. Mehrere Fahrzeuge, eine grössere Menge Werkzeuge und Sprengstoffe wurden beschlagnahmt. Gleichzeitig teilt die Unicredit Bank Austria mit, dass der Campus am Rothschildplatz in Wien Mitte wieder normal geöffnet ist.

Unsere nächste Meldung: gegen heute Morgen ist ein Airbus 320 der Egyptair über dem Tibestigebirge nahe Tripolis abgestürzt ist. Die Ursache ist leider noch nicht bekannt, aber sämtliche fünfzehn Passagiere sowie alle Besatzungsmitglieder sind ums Leben gekommen. Leider ist dabei auch die ehemalige Chefjournalistin der Kronenzeitung, aktuell Mitglied der Geschäftsleitung von Le Parisien in Paris, Frau Dr. Joy Grimensau ums Leben gekommen.

Fournier sackte zusammen.

Forts. folgt? Mal sehen.

cw. November 2023

Sechster Teil – Nachtrag

Zwei Wochen nach dem äusserst traurigen Ereignis für den Chefkommissar, immerhin ist seine Frau Emilie nach Wien zurückgekommen. Sie hatte im «Le Parisien» die ganze Geschichte und jede Menge Bilder von Joy Grimensau gesehen und gelesen und plötzlich realisiert, dass offenbar die von ihr angenommene Beziehung zu Fournier haltlos sein musste. Und sie hatte das Bedürfnis ihrem Mann in dieser schweren Zeit beizustehen. Item, wie gesagt, erhielt Fournier einen privaten Anruf von einem Oberleutnant Hermann Barth, er brauche dringend seine Hilfe. Fournier versprach, sofort zu kommen. Irgendwie kam ihm die Gegend bekannt vor, trotzdem war sie fremd. Der Oberleutnant hatte eine Adresse genannt: Wehlistrasse 6. Die Adresse schien Programm: ein ziemlich heruntergekommenes Sechsfamilienhaus aus den Anfängen der sechziger Jahre, fantasie- und lieblos, wie so vielerorts, nicht nur in Wien. Der Garten war anscheinend mal schön angelegt, vor allem mit verschiedenen Buchsbäumen, die aber leider alle dem Buchbaumzünsler zum Opfer gefallen waren. Die Auffahrt war voller Unkraut. Im Haus selber roch es stark nach Alkohol und Tabak, die Farbe im Treppenhaus: undefinierbar und zum Teil abgeblättert. Gemäss Briefkasten wohnte Barth im dritten Stock. Die Türe zur Wohnung war nur angelehnt, Fournier wurde erwartet. «Herr Leutnant Barth, nehme ich an?» «In der Zwischenzeit, dank ihnen Oberleutnant, vielen Dank für ihr Kommen!»

Der Kommissar erschrak: Aus dem ehemals smarten und vorlauten jungen Mann, war ein Greis geworden: lange fettige Haare, ungepflegter Bart, grau im Gesicht, in einem verfleckten ehemals blauen Trainingsanzug, vom Nikotin verfärbte Finger und dem starken Geruch nach Alkohol. Ein erschütterndes Bild. «Was kann ich für sie tun?» «Kommen sie bitte mal mit!» bat Barth. Er führte den Kommissar in eine kleines Nebenzimmer, offenbar von einem ziemlich unbegabtem Architekten als Kinderzimmer gedacht. Mitten im Raum stand eine einfaches Holzbettchen, die Geländer rundum mit Blumen geschmückt, es roch noch Erbrochenem, drin lag unter Decken ein kleines Baby. Fournier erschrak und würgte: Das Baby war Tod. «Das ist, oder besser war anscheinend meine Tochter Marilou!» dann liefen ihm die Tränen über das graue Gesicht.

Fournier ging zurück in das Chaos, anscheinend als Wohnzimmer dienend und telefonierte mit dem psychiatrischen Dienst, es sei dringend, es herrsche höchste Suizidgefahr. Dann verlangte er per sofort einen Notarzt. Er ging wieder zurück. Barth sass wie ein Häufchen Elend zusammengefallen auf einem Holzschemel und versuchte mit seinem Aermel die Tränen wegzuwischen.

Ungefähr fünfzehn Minuten kam eine junger Notarzt, zusammen mit zwei Männern des psychiatrischen Dienstes. Der Notarzt untersuchte das Baby, dann schüttelte e r den Kopf und sagte nur leise: »Das Kind ist seit mindesten drei Tagen Tod» und veranlasste sofort, dass das Kind in die Gerichtsmedizin überführt wurde. Die beiden Pfleger begleiteten Barth aus der Wohnung.

Fournier blieb alleine zurück. Er war zutiefst erschüttert, das alles schien auch für einen erfahrenen Polizeikommissar fast zu viel. Das konnte auch er nicht einfach wegstecken.

Drei Tage später landete der Abschlussbericht der Gerichtsmedizinerin auf seinem Schreibtisch:

Das kleine Mädchen hatte irreparable Hirnverletzungen und sei schliesslich infolge Sauerstoffverlust gestorben. Eine Woche später lag auch der DNA-bericht und die Blutanalyse von Barth in Fourniers Posteingang: Hermann Barth könne unmöglich der Vater sein.

Bei der Wohnungsuntersuchung fand man später auch Aufzeichnungen von einer polnischen Frau, die das Baby mit einer kurzen Notiz «Du hast es gemacht, also schau dazu!» Nachforschungen ergaben Monate später: Die Kindesmutter, knapp neunzehn jährig, ist anscheinend mit einem Kollegen von Barth nach Peru ausgewandert.

cw, November 2023

Nachwort des Schreiberlings

Ich weiss, es braucht oft eine immense Geduld, mit einem chaotischen, ungeduldigen und öfters auch cholerischen Schreiberling umzugehen. Mal will der Kopierer oder der PC nicht so, wie er sich das vorstellt.
Aber die unendliche Sanftmütigkeit einer mehr als geduldigen Partnerin hilft immer wieder darüber hinweg.
Ich danke meiner Frau Barbara (Bärbi) für all diese ruhigen und liebevollen Momente! Ohne sie, wären all diese Geschichten wohl nicht so entstanden. Ein riesiges Dankeschön!

cw. November 2023